Never does the echo return to the mountain

메아리 치지 않는 산울림

그 두 번째 이야기

Never does the echo return to the mountain

메아리 치지 않는 산 울림

그 두 번째 이야기

최동명 시집

징검다리

■ 책머리에

　몇 번을 망설이다가 내 조그만 글 모음집을 출판하기로 했다.　나는 글을 쓰는 수업(受業)을 한 것도 아니고 또 전문가도 아니다.　다만 오래된 일기장 속에서 기억(記憶)하고 싶은 글들을 찾고 또 어떤 때는 넘치는 격정(激情)을 주체할 길 없어 낙서(洛書)같이 써 두었던 메모지를 모아 보았다.

　감정적으로는 아직도 뒤돌아볼 때가 아니라고 강변(强辯)하지만 그리고 약속한 갈 길은 아직도 멀기만 하나 변해가는 머리카락 색깔이 그 때가 되었음을 말해주는 것 같기도 하다.

　비록 초라한 문체(文體)라 하더라도 죽음을 준비하는 심정으로 이 글을 썼고 또 후회(後悔)없는 죽음을 위해 이 한 권의 책을 출판한다.

　모든 순간 삶을 준비하듯 죽음을 준비하며 살아온 한 삶의 모습이 투영(投影)되기를 기대하면서 이제 몇 달 후면 태평양을 건너 먼 유학의 장도(長途)에 오를 내 큰아이의 짐 가방 속에 이 책 한 권을 선물로 넣어 주려 한다.

　출판을 도와준 여러분과 영역을 맡아준 崔相冕, 黃世文군 그리고 영역(英譯)을 감수(監修)해준 Laurie　Sims여사(女史)에게 감사한다.

　　　　소나무 숲이 아름다운 두타산(頭陀山) 기슭에서
　　　　　　　　　　　　　　野岩

■ Preface

After much hesitation, I have decided to publish a little collection of my writings. I have not taken any writing classes nor am a professional writer. Comprised from a gathering of memories from an old diary and scribbles I have jotted down from time to time, these collections serve as the basis for this book.

Though arguably, my feeling tells me that it is not yet the time to look back and I am still far away from reaching the end of the road of my promise, the physical attribute of the grays in my hair tell a different story.

Even though to some this book may seem as if it is written in poor literary style, I wrote with feeling of preparation of death and I am publishing this book so I may die one day without remorse.

Just as I prepare myself for the every moment of life itself, I prepare for death in a way to reflect on ones life. I wish to pack this book as a present for my eldest son's great accomplishments of studying aboard over seas

Thanks to those who helped me and Marn-Sang Choi, Se-Mon Hwang for translation and Laurie Sims for supervision of translation.

From "The edge of beautiful pine forest, Doota Mountain"
Ya-Am

■ 증보판(增補坂)을 내면서

그로부터 8년….

4년 여의 야인(野人)생활과 경영자(經營者)로서의 3년을 이제 또 마무리 할 시간, 삶의 한 장(章)을 다시 시작(始作)해야 할 때가 된 것 같다.

투박한 내 글을 읽고 그래도 열렬한 박수를 보내주는 한 독자(讀者)의 격려에 힘입어, 메모해 두었던 습작(習作) 20여 편을 추가하여 증보판(增補坂) "메아리치지 않는 산울림"을 출판(出版)하기로 했다.

멀리 바라보이는 치악산(雉岳山)에는 아직 흰 잔설(殘雪)이 쌓였으나 담장 옆 개나리 나무에 움이 트는 것을 보니 거스를 수 없는 대자연(大自然)의 섭리(攝理)에 섬뜩한 경외심(敬畏心)을 느끼게 된다.

누구 말같이 비록 "물위에 이름을 쓴다" 하더라도 함께하는 이 있다면 그 무위(無爲)의 작업을 멈출 수 없는 것이 아마도 삶의 열정인지 모르겠다.

증보판(增補板) 출판을 맡아주신 李惠淑 회장님과 영역(英譯)을 맡아주신 옛 전우(戰友) 丁北實님께 감사를 드린다.

- 치악골에서 野岩 -

■ Publishing Supplementary Edition

In the 8th year…
4 years of wild life and 3 years of managing a company; it is time to end the current episode, it is time to start a new chapter of my life.

Despite my poor literary style, through a reader's passionate cheer and strong encouragement, I have decided to publish a supplementary edition, "No Reverberation of Mountain Echo", including 20 new noted writings.

Though white snow still remains on the far away seen mountain Chiyak, new sprouts of wild lily begin to bud next to the wall. This un-opposable cycle of Mother Nature makes me sense the astonishing awe.

Like a saying "writing a name on the water" that idle work can not be stopped if accompanied by others. Maybe that is the passion of life.

Thanks to chairman Hea-Sook Lee for taking charge in publishing and old comrade Buk-Sil Jeong for translation in supplementary edition.

From "Chi-Ak Mountain valley" Ya-Am

Chapter 1

출전(出戰)
Departure for the front

Chapter 2

Elise의 추억을 위하여
For the memories of Elise

Chapter 3

메아리치지 않는 산울림
Never does the echo return to the mountain

Chapter 4

예고(豫告)된 이별(離別)이 아름답다
Expected farewell is beautiful

Chapter 5

이무기의 눈물
Tear of the Python

Chapter 6

내 삶의 소중한 추억을 기억하며
Remembering of significant memory through my life

■ 일러두기

이 책의 본문 시와 축전 및 편지 뒷면에는
영역된 원고가 수록되어 있습니다.

제1부

출 전

Departure for the front

출전(出戰)

너 만약
운명의 별을 믿거든
적탄(敵彈) 속에 뛰어들어 보라

너 만약
정열이 있다고 말하고 싶거든
적진(敵陣) 위를 날아가 보라

너 만약
의지와 신념에 넘쳐
한 일자(一字)
굳게 입을 다물고 싶거든
죽음이 비조(飛鳥)하는
포연(砲煙) 속에 서 보라

그 후에
별이 보이거든 운명의 별을 찾고

그 후에 넘치는 정열 있거든
파열(破裂)하는 심장의 핏빛마냥
붉고 뜨거운 무지개 같은
아름다운 사랑을 하거라

그 후에
휘일 줄 모르는 의지
꺾일 줄 모르는 신념 있거든

화신(化身)하는 불사조(不死鳥)마냥
대망(大望)에
너를 불태우거라

그 후에
별도 정열도 의지도 신념도
모 ─ 다 보이지 않거든

너 또한
그 별과 정열(情熱)과
함께 가거라

Departure for the front

Run into the enemy fire,
if you believe in the stars of destiny.

Fly above the enemy camp,
if you have the passion of your words.

If you are full of faith and strong will,
set your lips firmly as in a straight line,
then stand in the smoke of the cannon
death comes and goes.

Later,
look up at the stars then try to find the star of
destiny.

Later,
with the passion that remains
search for beautiful love,
looking for a bright rainbow,
like the color of a bursting heart.

Later,
if there remains a firm resolution of willingness and
faith,

burn yourself into that great hope,
like a phoenix which is born again.
In the end,

If there remains no star, no passion, no willingness
and faith,
then you just move along with them.

그 소년이 꿈꾸었던 진실은

그 소년이
일찍 꿈꾸었던 옹지는
틀에 박힌 조그만 성공이 아니고
세계사의 흐름 속에 기념비적
대업을 이룩함이었더라.

그 소년이
일찍 꿈꾸었던 희망은
사나이 중의 사나이, 영웅 중의 영웅
멋진 사나이 됨이었더라.

그 소년이
일찍 꿈꾸었던 진실은
우주와 인생의 신비를 밝힘이었더라.

The aspirations of a young boy

The monumental achievement
which the boy had dreamed of earlier,
was not the mere aspirations of a young boy
but only the great event worthy of world history.

The wish
which the boy had dreamed of earlier,
was to be a wonderful man,
like a man of men and a hero of heroes.

The truth
which the boy had dreamed of earlier,
was revealing the mystery of the universe and life.

한 편의 시(詩)

한 편의 시
그 위대함을 아는 자는 행복하여라.

생애를 통하여
애송하는 한 편의 시를
가진 자는 행복하여라.

애송할 수 있는
한편의 시를 쓴 시인은 위대하여라.

패배와 비극까지도
인생의 아름다움일 수 있는 것은
한 편의 시가 있기 때문이로다.

A poem

A poem,
happy are those who know greatness.

Through life,
happy are those who have a lovely singing poem.

Great are those
who compose a lovely singing poem.

A poem it can be,
in which tragedy and sustainment
turn human existence into beauty.

어느 고교생의 처세훈(處世訓)

세상은
더 넓은 투쟁의 광장

약(弱)한 자(者)는
비참하게 쓰러지고

강(强)한 자(者)는
장쾌히 승리의 영광을
구가하였나니

그대 또한
생(生)의 축복을 받아
자랑스런
이 광장에 임하였으니

그대 마땅히
힘과 지혜를 다하여
승자(勝者)가 될지어다

그러나, 힘과 지혜가 모자란다면
스스로 쓰러짐은 당연한 일
거기에 불평은 없다

오직 최선의 정열과 의지와 신념으로
'나 다운' 투쟁이 있을 뿐이다

A student with the motto for his life

The world,
a place of constant strife.

The weak fall down tragically.

The strong are eulogized in the glory of victory.

You, also with the blessing of life,
can stand here in the plaza with pride.

You should be a winner,
with all your strength and wisdom.

However it's inevitable to fail with less strength and
wisdom, I cannot complain.

Only, there is my own strife,
with the utmost passion, will and faith.

Pompeii 최후의 날 그 투창병(投槍兵)

계급보다 군복을 사랑한 용사
적 앞에 비겁하지 않았듯이
상관 앞에 비굴하지 않았던 전사(戰士)

그러나 명령에 죽고 살았던
구원(久遠)의 무인상 –
폼페이 최후의 날 그 투창병(投槍兵)이여!

가슴에 품은 웅지는
'알렉산더'와 '징기스칸'을 합한 것보다
더 컸건만
묵묵히 초병의 현실을 감수하면서
'때'의 이르지 못함을 한탄하던 영웅

밀어 덮치듯 광란하는 용암 앞에
장창 움켜잡고, 두 눈 부릅뜬 채
우뚝 버티고 서서

멋진 제복의 도망치는 껍데기들을 조소하며
죽음과 자존심을 맞바꾸었던
아 – 폼페이 최후의 날 그 투창병이여!

'Vesuvius'의 분노만큼이나
뜨거운 가슴으로 사랑했던 여인이
그를 떠나도
그녀에 대한 사랑 변할 줄 몰랐던
아 - 폼페이 최후의 날 그 투창병
침묵의 사랑이여 영원하라!

The javelin thrower
on the last day of Pompeii

The brave one who loved the uniform more than
rank never acting cowardly before the enemy,
the warrior who dosed not stand cowardly in front of
his senior officer.

But, the warrior's dream of eternity,
bets his life only on command,
the javelin thrower on the last day of Pompeii!

In spite of his loftier dreams
which exceeded those of Alexander the Great and
Genghis khan's,
regreting not having enough opportunities to
accomplish more, enduring a sentry's silence.

Before the mad flowing lava
holding a long javelin,
standing stately with eyes wide opened.

In bright uniform laughing scornfully at the escaping
dusk
the man who gave up his life for pride,
ah—the javelin thrower on the last day of Pompeii.

The woman was left
behind with a heart bursting like 'Vesuvius',
who can never change his love for her,
ah – the javelin thrower on the last day of Pompeii,
be eternal, silent love!

관사(官舍)

미 2사단 (美 2師團) 포병사령관이
살았다는 관사

지금은 한국군 야전포병단장이
임시로 쓰고 있는 관사

영평천(榮平川) 기슭 우거진 숲속에
대지(垈地) 100여 평 건평(建坪) 50평
단층 양옥(洋屋)
영평천이 내다보이는
홀의 전망을 위해
통유리로 분위기를 살린 집

벽난로(煖爐)가 있어
겨울철 정취(情趣)를 살리고

이른 봄
앵두꽃 진달래꽃부터
차례차례 피기 시작하는 꽃은
철쭉, 장미, 무궁화……
늦가을까지 꽃이 피도록 배려된 정원

우거진 숲은 산사(山寺)의 분위기를
흐르는 냇물은
옛 성주(城主)의 산성(山城)을 연상케 하는 집

초하(初夏)의 낙수물 소리는 또 어떤가!

*그러나 그 여름 장마에 낡은 지붕에서는 비가 새었고 방과 홀에는 세면기가 동
원되었다.

An official residence

At the place where the 2nd U. S artillery division
commander had lived,

Now there lives the Korean field artillery brigade
commander, temporarily.

In the grassy brush around the Young—pyong river
the house covered about 100 pyong to a site and 50
pyong of floor space of a one storied western style
house, surrounded by pipe—glass for a better view
down the Young—pyong river.

There the winter's atmosphere can be smelled from
the fireplace.

Early spring,
from many azaleaes and cherry trees
to royal azaleaes, roses, and the roses of sharon.
the garden is filled with these flowers until late fall.

The grassy woods remind me of the scenery
of the temple in the valley,
the flowing stream reminds me of an ancient castle
with mountain fortress walls.

What about the sounds of raindrops in the early
summer!

*But during the rainy season, the old roofs were destroyed a little,
thus a few washbasins were provided in the rooms and hall.

1년 365일

(Ⅰ)

1년 365일이 이렇게 지나가다

보직신고 두 번, 창설신고 한 번
수차의 예비 검열을 거쳐
야전군과 육본(陸本)의 지휘검열 두 차례
방벽공사(防壁工事), 예비진지 공사

옹졸한 사나이의 마음 달래며

포술경연(砲術競演), 포대시험(砲隊試驗)
단위대장(單位隊長)회의, 태권경연대회……

우승기 만들어 독전(督戰)하면서
'정(情)'과 '엄(嚴)'의 의미를 음미(吟味)하였네

(Ⅱ)

창설(創設)은 창조의 작업인가?

명령지(命令紙) 한 장 들고
지휘봉(指揮棒) 하나 움켜잡고
포병 대령 한 사람 그렇게 시작했네

수백 문(門)의 화포(火砲) 수천 명의 병력(兵力)
철원 평야 옛터에

야전포병단(野戰砲兵團)의 깃발을 세웠네

영평천(榮平川) 냇물은
얼었다 또 풀리고

벽난로(煖爐)의 따스함도
북풍(北風)의 냉기 스미던 스산함도
피어나는 진달래 꽃봉오리와 함께
이제 잊혀져 가는가?

신탄리, 내산리, 고문리, 연천,
전곡, 동두천, 포천, 의정부, 서울……

5만(萬)km를 뛰면서
그렇게 1년 365일이 지나갔도다

(Ⅲ)

밝아오는
병영(兵營)의 아침을 보면서

오염되지 않은
백의리 대기(大氣)를 마시는 조깅을 즐기며
인생 24시간을 경영하면서

배짱으로 사는 극기(克己)를 익히며
그렇게 또 내일을 뛰어가 보자!

A chronicle of 365 days

(I)

One year passed like this.

Twice the duty − report, once initial − report,
after the preliminary − security review,
twice the order − review from the field corps
and army headquarters, barrier construction,
preliminary − quarter construction.

Pacifying man's narrow hearts,

The field − artillery contest, the competition
between batteries, the conference of commanders,
the contest of Tae−kwan−do······

Urging the soldiers to fight still more vigorously
and showing the winner's flag.
I felt strict and affectionate at the same time.

(II)

Can organizing a unit be called a creation?

Holding my orders catching a commander's baton an
artillery colonel has started like this.
Hundred of cannons, thousands of soldiers,

an axle line the Chol − won plain
a field artillery's flag erected.

The Young − pyong river froze and melted, again and
again.

A warmth of the fireplace,
a chill and lonesome breeze from the north
with the opening of an azalea's blossom,
will this memory ever go away?

Sintan − Ri, Naesan − Ri, Gomoon − Ri, Yeoncheon,
Junkok, Dongducheon, Pocheon, Yijungpu, Seoul······

Running 50,000km,
and so did 365 days of one year pass.

(Ⅲ)

When the sun shines bright,
the morning view from the bar

Breathing through a lot of pure air,
enjoying jogging in Baek − ui − ri,
managing 24 hours of lifetime.

Learning to control oneself and having guts
like this, let's run tomorrow, again.

노병(老兵)의 기도(祈禱)

(Ⅰ)

내가 바라는 무인(武人)은
그가 일개 병(兵)이든 장군(將軍)이든
자기 인생의 목표를 정하고
그 목표를 향해 생애를 걸고 도전하는
그런 진실한 인간이기를 원한다.

(Ⅱ)

내가 원(願)하는 병사는
자기 인생의 소중한 꿈을 가진 젊은이
그러나 병사의 소임을 다하는-
육체적으로 건강하고
정신적으로 강인한
적(敵)과 싸워 이길 수 있는 전사(戰士)가 되기 위해
스스로 교육훈련에 열성적인 병사
나는 그런 병사를 원(願)한다

(Ⅲ)

내가 원(願)하는 병사는
상명하복(上命下服)의 거대한 조직 속에서도
인격체(人格體)로서의 자존심을 지키며
개성을 잃지 않는 병사

자기 주장과 의견을 떳떳이 말하면서도
상관(上官)의 명령에 기꺼이 신명(身命)을 바쳐
조직의 '룰(rule)'을 지킬 줄 아는 병사

상관과 선임병에게는 존경과 예의를 다하며
후임병에게는 너그러운 마음을
베풀 줄 아는 병사
나는 그런 병사를 원(願)한다

(Ⅳ)

내가 원(願)하는 병사는
병영정의(兵營正義)의 실천을 위해
제 규정 이행을 스스로 지키고
넉넉한 마음으로 후임병을 지도할 수 있는 병사

24시간 짜여진 병영생활 속에서도
독서하고 사색하며
자기 발전을 위해 노력하는 병사
부모님 은혜에 감사할 줄 알고
친구에게 신의를 지킬 줄 아는 병사

자유와 도전이 보장되는 삶을 위해
자유 민주주의에 대한 확실한 신념을 갖고
영역의 의무가 가장 값진

조국에 대한 충성이라는 자부심과 긍지 속에
군복을 입고 자랑스럽게
거리를 활보할 수 있는 병사

"우리는 조국의 명령을 지켜 여기에 잠들었노라."는
테르모필레 계곡의 비명(碑銘)을
기억할 수 있는 병사

나는 그런 병사를 원하다
나의 사랑하는 아들이 그런 병사가 되길
기도(祈禱)한다

An old soldier's prayer

(I)

My lovable warrior,
either he is a mere soldier, or a great general,
deciding his goal of life,
challenging and reaching for the goal
like this, I desire him to be a true human being.

(II)

My lovable soldier,
should have a precious dream of his life.
But doing his duty
physically healthy, mentally strong,
to be a fighter to win a battle against the enemy.
an eager soldier in the field training himself,
that is what I wish.

(III)

My lovable soldier,
in this gigantic hierarchical structure
that should operate straight in order,
who does not lose his individuality,
keeping the pride of a human being.

Though declaring his intention and opinion
with dignity
he who knows how to keep the code of honor,
deciding on a life of obedience to his senior
officers.

Facing his senior officers and predecessors with
respect and civility,
giving kindness to his successor,
that is what I wish.

(Ⅳ)

My lovable soldier,
to practice justice during his army life,
keeping all the rules for himself
passing on the truth to his successor.

Though army life is busy and full
a soldier who endeavors for self development,
reading and thinking,
knowing how to give thanks to his parent's for
their sacrifice, knowing how to keep trust
with friends.
To complete his life with freedom and challenge,
with positive faith for liberal − democracy,

To think that the obligation service for his country
is more precious than anything else,
the soldier who can proudly strut along the
street in uniform.

"We are sleeping here to secure our nation."
A soldier who can memorize this epitaph in the
Thermopylae valley.

I wish for him, like this.
I pray that my lovable son can be this kind of soldier.

야영(野營)

한밤중 문득 잠에서 깨어나
야영(野營)하는 천막 밖에 서다

하늘엔 태풍이 스친 후
성하(盛夏)의 만월이 교교(皎皎)하고
이제 초병(哨兵)의 수하(誰何)소리도
들리지 않는데

늘어선 차량과 천막들이
나부(裸婦)의 모습같이 다정하다

화약 냄새 같은 전장(戰場)의 냄새를 맡는다
향수보다 더 짙은 대지(大地)의 향기를
느낀다

At camp

I suddenly woke up from my sleep, I stood,
and walked out of the tent.

After a typhoon visited from heaven
the full bright moon in high summer
now, no sentinel soldier whispers for a challenge.

Arranged vehicles and tents became an intimate vision
like the image of a woman nude.

I feel the scent of battlefield like gunpower,
and the sweet odor from the earth, much stronger
than perfume.

탑회가(塔會歌)

전설적 예언이 전해지는 곳
계룡산 계곡 한밭 벌에서
운명을 같이 하기로 한
한마음 있어
탑 아래 맹세가 이루어졌네

탑 ---- 탑 ----- 탑, 공든 탑이여
탑 ---- 탑 ----- 탑, 정상의 탑이여

아 ----- 너의 탑, 나의 탑
공동 운명의 탑이여

탑 아래 맹세 대지를 울려
모이세, 뭉치세
조국 통일의 초석이 되세

A conference of the tower

Where the prophecies of legends come down
from the field of the Kye – ryong mountain valleys
with the mind of fate,
a 'swear' is settled below the tower in chorus.

Tower – tower – tower, one hearted tower,
Tower – tower – tower, the tower on top.

Ah – tower of yours, tower of mine,
tower of one spirited fate.

Oath below the tower, makes the earth cry,
assemble, unify.
Let us be the foundation of our nation's – unity.

근속(勤續) 30년 기념휘장

(Ⅰ)

내 누님의 눈물 섞인 주먹밥 7개 싸들고
부산역을 출발하면서
시작했던 나의 군(軍)생활

약관(弱冠) 19세, 1961년 6월 어느 날
낭인(浪人)시절의 그 자조적인 낭만이
현실 속의 빈주머니와 마주쳤을 때
지원병 모집광고 보고
생존을 조국에 의지하기로 결심했지―

그래도 『나폴레옹』전기 한 권은
처음부터 끝까지 외우고 있었기에
희망 병과는 포병이라고 썼다.

부산역 '플랫폼'에는 떠나는 장정들을 위해
눈물 흘리는 환송객도 많았지만
나는 혼자였기에 오히려 홀가분했지―

훈련소 생활 한 달 첫 봉급을 받았을 때
내 주머니에는 주먹밥 싸주며 누님이 쥐어주던
얼마간의 용돈이 그대로 남아 있었다

1961년 8월 1일 군번 10888436
꿈만 많았던 한 소년은
이렇게 육군 이등병, 대한민국 군인이 되었다.

(Ⅱ)

최전방 38° 선 북방 한탄강변의 어느 포병대에서
나의 병(兵) 생활은 시작했다.
5.16 출동부대로서의 자위적 긍지가 대단한 부대
하룻밤에 보초를 두 번씩 서기도 하고
대포와 기관총 쏘는 훈련
하사관 편지 대신 써주기
부대 대항 축구선수
태권도 교관
몽둥이 기합……

밥을 다섯 그릇 한꺼번에 먹고 토하기도 하고
진지공사 삽질 곡괭이질에 손바닥이 터지기도 하고
웅변대회에 나가 사전 박수부대를 동원해
우승하기도 하고
정훈병 역할로 부대(部隊) 아나운서를 해보기도 하고
휴가를 몇 번 다녀오기도 하면서
그렇게 2년 세월이 지난 후 나는 하사(下士)가 되었다.

(Ⅲ)

휴일의 한탄강변에서
한밤의 보초 근무 중에
취침 나팔소리 들리는 침상에서
애송하는 한 편의 시(詩)를 읊으며
이상과 현실의 갈등과 고뇌 속에

몸부림치길 그 얼마였던가?

"…… 목숨만이 길고
　　희망만이 뜨겁게 가슴 태운다……"

드디어 장교가 되길 결심하고 수차례 도전 끝에
1964년 7월 18일 갑종간부 184기 군번 196495
포병 소위로 임관하다

후보생 시절 내 수양록 제목은
처음부터 끝까지
"내 주위에 허(虛)를 없애자"였다.

장교가 된 후
"모든 순간 삶의 준비를 갖추듯,
죽음의 준비를 갖춘다"는 신념으로
조국과 제복과 더불어 운명을 같이하기로 다짐하다.

(Ⅳ)

국군의 월남전 참전이 결정되었을 때
또 한 번의 지원서를 쓰고

Vietnam 그 정글전에서 두 번의 X-mas를 보내면서
10만 발의 포사격을 지휘하며
피아간의 피투성이 시체 속에서
삶과 죽음의 의미를 음미하며

한 편의 시(詩) 〈출전(出戰)〉을 쓰다.
"……너 만약 운명의 별을 믿거든
　　적탄 속에 뛰어들어 보라……"

전장(戰場)에 섰을 때
그 거짓 없는 생사(生死)의 순간들 속에서
비로소 인간은 진실을 배운다

순간과 영원의 의미를 –
조국과 사랑과 투쟁의 의미들을!

(Ⅴ)

'남십자성의 신비와 포성의 의미'가
궁금했던 한 여인에게
진솔한 정열과 사랑을 바치며
나는 20세기 최후의 로맨티시스트가 되었다

그리고 결혼 20주년 기념일에 한 편의 시(詩)
〈Elise의 추억을 위하여〉를 그녀에게 바치다.
"…… 아 – 목숨 하나이듯 사랑 하나이던
　　Elise의 추억이여 –
　　추억 아닌 현실로 Elise여 영원하라"

임진강변의 최전방 포대에서
"세계 제일의 포대가 되자"는 슬로건 아래
조국에 대한 충성과 무인(武人)으로서의 열정에 넘쳤던

중대장 시절
나의 사랑하는 아들 雄아가 태어났다

그 3년 후
손자(孫子)와 크라우제비츠에 심취되어
포병전술을 열강하던 교관시절
나의 사랑하는 귀여운 딸 仙美가 태어나고
나는 소령이 되었다.

(VI)

'휘일 바에야 차라리 꺾이리라' 는 신념으로
밤을 낮같이 부대근무에 파묻혀
자작시 〈출전〉과 기욤 아폴리네르의 〈미라보 다리〉를
애송하며

파로호변의 양평계곡, 진해만, 임진강변
그리고 한탄강변에서……
그렇게 산하(山河)와 벗하며
조국과 충성과 인생의 의미를 음미하며

사랑하는 아내와 두 아이의 가장(家長)으로서
또 수십 문의 화포와 수백 명의 부하를 지휘하는
지휘관으로, 참모장교로서
무인(武人)의 철학과 신념을 다지며
그렇게 내 청년장교 시절은 지나다

중대장 시절 마음으로 반했던 대대장을 만나
그 대대장이 사단(師團)을 지휘할 때
작전참모(作戰參謀)를 예약하다

꼭 10년 지난 후 그 약속은 지켜졌고
나는 전군(全軍) 유일한 포병 작전참모가 되어
갑종간부 출신 중 가장 먼저 대령이 되었다.

이등병(二等兵)에서 시작된 긴 여정에서
숱한 고배(苦杯)의 도전과 응전 속에
드디어 대령에서 선두에 섰을 때
나는 2등은 없다는 교만한 자신감에 넘쳐 있었다.

(Ⅶ)

육군의 포병정책과 국방예산의 운영계획을 담당하면서
최초의 장군심사에서 탈락되었을 때
대성통곡을 하리만치 깊은 좌절을 맛보다

계룡산 계곡 한밭 벌에서
그 좌절과 방황의 3년 세월 속에
재기(再起)를 위해 몸부림치며
메아리치지 않는 산 – 울림
Pompeii 최후의 날 그 투창병
그 소년이 꿈꾸었던 진실은…… 등의
시작(詩作)생활 속에서

비로소 인생이
결과가 아닌 과정임을 깨닫고
용서하는 마음, 감사하는 마음을 배우다

(VIII)

초등학교까지를
병영(兵營)의 관사(官舍)에서
포성과 병사들의 함성과
군가 속에 보낸 내 아이들
전학을 7~8번씩, 이사를 20여 번 하면서도
건강하게 자랐고

아이들 학교 선택을 위해 세 번씩이나 이사를 한
아내의 정성이 헛되지 않게
공부도 잘 했고 큰 아이는 항상 일등이었다.

雄아가 대학 입학시험을 치르게 되었을 때
나의 간절한 소망을 담아 한편의 시(詩)
〈아비의 기도〉를 쓰다
"…… 신이여!
　　만약 하나만 이루어져야 한다면
　　사랑하는 내 아들의 뜻이
　　이루어지게 하소서……"

그 기도에 응답 있어
雄아는 어린 시절 내가 동경해 마지않았던
서울대 공대생(工大生)이 되었다.
아들아, 너는 나의 자랑이며 희망이구나!

仙美, 나의 가장 소중한 사랑하는 딸아
"그래도 아버지는 우리들의 영웅"이라던
너의 격려를
나는 무덤까지 간직하리라
너 또한 나의 자랑이며 희망이구나!

사랑하는 Elise, 나의 폭풍노도 같은 열정에 휩싸여
나와 동반한 지 20여 년 –

나는 행복했고 당신에게 감사하오
죽음이 우리를 갈라놓을 때까지
우린 사랑하며 행복하리다

다시 태어나더라도 나는 당신을 택하리 –

(Ⅸ)

"시졸여영아(視卒如瓔兒)하면,
고(故)로, 가여지부심계(可與之赴深谿)하며
시졸여애자(視卒如愛子)하면,
고(故)로, 가열지구사(可與之俱死)니라."

53

"부하를 자식같이 사랑하라."
병법(兵法)의 이 한마디를 깨우치는 데
무려 20여 년이 걸린 셈이다.

손자병법을 처음 대했던 위관(尉官)시절부터
마치 병법의 달인(達人)인양
인용(引用)해 왔지만
내 아들이 군인이 될 때가 되어서야
비로소 부하(部下)사랑의 진실을 깨닫다

군(軍) 지휘통솔의 요체는 무엇인가?
그것은 진실이다
정(情)과 엄(嚴), 그리고 진실(眞實)이다

읍참마속(泣斬馬謖)의 엄(嚴)과
병사의 등창을 빨던 오기(吳起)의 정(情)과
'로디'의 전투에서 돌격의 선두에 섰던
Napoleon의 진실이 있을 때
비로소 '부하로 하여금 반하게' 할 수 있다

무인(武人)의 사생관(死生觀)은 무엇인가?
그것은 '모든 순간 삶의 준비를 갖추듯
죽음의 준비'를 갖추는 것이다

생사(生死)는 순간에 판가름 나는 것
따라서 군인은 가장 절박하게
순간을 의식하며 살아야 하고

모든 순간에 '나 답게' 살 듯이
나 답게 죽을 수 있어야 한다

무인(武人)의 국가관(國家觀)은 무엇인가?
그것은 역사의식(歷史意識)속의
정의(正義)와 사랑이다
그 속에 애국과 충성의 의미가 있다
진실로 자기 자신을 사랑할 수 있는 자만이
나라를 사랑할 수 있다

무인(武人)의 인생관(人生觀)은 무엇인가?
그것은 자아완성(自我完成)의 길이다
인생의 처음과 끝을 연결할 수 있는
의지(意志)요 신념(信念)이다

무인(武人)의 우주관(宇宙觀)은 무엇인가?
그것은 자아완성(自我完成)을 위한
불가지론(不可知論)이다

군사전략의 요체는 무엇인가?
그것은 "부전이굴인지병(不戰而屈人之兵)이
선지선자야(善之善者也)"요,
군사작전(軍事作戰)의 요체는
집중의 원칙과 각개격파(各個擊破)에 있다

(Ⅹ)

지도자는 그가 정치인이든 군인이든
지도자는 철학과 신념이 있어야 한다
그 철학과 신념을 행동 실천할 수 있는
용기가 있어야 한다

이제 대한민국 군인으로서
조국에 충성을 서약하며
군번(軍番)을 받은 지 30년

결코 끝나지 않은 내 인생의 여정에서
아직도 요원한 자아완성(自我完成)의 길에서
'근속 30년 기념휘장'을 바라보며
폼페이 최후의 날 그 투창병을 생각한다.

"…… Vesuvius의 분노만큼이나
　　뜨거운 가슴으로 사랑했던 여인이
　　그를 떠나도
　　그녀에 대한 사랑 변할 줄 몰랐던
　　아 – 폼페이 최후의 날 그 투창병
　　침묵의 사랑이여 영원하라"

The memorial medal
of 30 years continuous service

(I)

My life in the army started with 7 tear − blended rice
balls, packed by my sister, when departing from the
Pusan depot.

In 1961, one day in June, at the age of 19,
I decided to give my life to my homeland
volunteering after seeing a recruit advertisement
when I was out of office, feeling the conflict of
emptiness and self − scoring romance.
Since I had memorized a single biography named
「Napoleon」I hoped to serve in the artillery branch.

At the depot in Pusan,
there were people giving their farewells to the young
fellows,
but I was rather lighthearted to be alone.

After receiving my first wages as a new recruit,
there still given to me by my sister remained some
pocket money.

In 1961, on the first day of August. Ser. No.
108888436, a boy with big ambition started as a
second grade soldier, a Korean warrior.

(Ⅱ)

In an artillery battery all the way
at the front northward of the 38 degree line beside
the Han−tan river, my life in the army began.
My unit was distinguished because of its mobilization
in the 5.16 revolution.
Standing sentry twice a night,
training to shoot cannons and machine guns,
writing letters for noncommissioned officers,
a soccer player in inter − unit matches,
Tae−kwan−do instructor, giving disciplinary
punishments……

Vomiting after eating 5 continuous meals,
torn hands after shoveling and hoeing,
winning the speech contest, because of the
applause given by the soldiers,
being an announcer for troop information and
education going on vacations several times,
and suddenly two years were gone,
finally I became a staff sergeant.

(Ⅲ)

While at the Han-tan river side during a holiday,
standing sentry at midnight,
and listening to taps on a couch,
reciting my favorite poem,
how I struggled with what was ideal,
what was real

"······only life is long,
there is only hope to warm my heart······."

After several challenges,
finally I became an officer in 1964, July 18th
ser. no. 196495, a second lieutenant artillery officer.

When I was a cadet my creed was "Erase the
imperfections of my life."

After becoming an officer, with the faith that
"At every moment as I prepare my life,
I prepare for death."
I promised myself that I would make my destiny with
my homeland and my uniform.

(Ⅳ)

When our army decided to participate in the

Vietnam War, I again volunteered.

Two christmas in the jungles of Vietnam,
commanding a hundred thousand cannon fires,
appreciating life and death in the middle of bloody
unit, I wrote a poem ⟨Departure for the Front⟩,
"⋯⋯Run into the enemy fire if you believe in the star
of destiny."

Being at the battle place with the pureness
in the moments of crossing death and life,
a man appreciates the truth, for the first time.

The meaning of a moment and eternity⋯⋯.
The meaning of homeland, love and strife!

(V)

The lady who had the curiosity of
'the mystery of the Southern cross,
and the meaning of the sounds of cannon'
giving true hearted passion and love,
I became the last romantist of the 20th century.

In celebrating our 20 years of marriage
I dedicate a poem to her ⟨For the Memory of Elise⟩
'⋯An—as life is only once, so love also is only

once my love Elise – be eternal, not a memory,
but forever present.'

At the front line along the Imjin river,
with the slogan of 'Let us be the number one artillery
unit in the world.'
In my company commanderhood,
full of loyalty to my nation and passion to be a
warrior, my son Woong was born.

After three years,
infatuated with Sun Tzu and Clausewitz,
giving lectures artillery on tactics,
my pretty daughter Sun–mi was born,
and I became a major.

(Ⅵ)

Living an ideal with the faith
'I'd rather be broken, rather than bent.',
staying in the barracks day and night,
reciting my poem ⟨Departure for the Front⟩
and ⟨Mirabeau Bridge⟩ of Apollinaire.

The Yang – poyng valley beside lake Paro, the Jinhae
bay, the Imjin – river and at the side of
the Hantan – river……
Accompanying mountains and rivers,

appreciating the meaning of homeland,
loyalty and life

As a proud husband and father of a lovely wife
and two kids, as a commander of dozens of
cannon and hundreds of subordinates,
as a commander and staff officer,
keeping faithful to my philosophy and deepening
faith, and thus did my youth pass away.

While serving as company commander,
I met the battalion commander with a close
relationship,
so that if he become the commander of division,
he would make me his staff of operation.

10 years later, the promise was kept,
I became the only the staff of operation of infantry
division with artillery branch in the entire army,
I was promoted to a colonel, the first.

The long journey, beginning from recruit,
with hardships and responding to many challenges,
finally standing in front of other colonels,
full of confidence and pride,
 'There is none second to me.'

(VII)

As officer in charge of operation and planning the
national defense expenditure, the artillery policy of
the army, I was passed over for general the
first time around, it hurt deeply.

Trying to overcome this setback in the valley of the
Hanbat field, I experienced frustration and bitterness
for 3 years.

In the life of writing poems,
 'Never does the echo return to the mountain',
 'The javelin thrower on the last day of Pompeii',
 'The truth the boy had dreamed' ···etc

For the first time,
I realized that life is not the result but a continual
process,
I learned the spirit of thankfulness and
forgiveness.

(VIII)

My children having grown up in a military housing
the sound of cannon fire, the short of soldiers and
military songs, having to change schools 7~8 times,

moving more than 20 times,
they have grown emotionally strong.

With great sacrifice my life moved 3 times so that my
children could attend good schools.
Their grades were always good and my son always
ranked first.

The day Woong took the examination for entering
university, I wrote 〈The Prayer of a Father〉.
'…God!
If there is one wish to be granted,
please grant my son's dream.'

My prayer was answered and my son was selected to
the engineering division of Seoul National University.
Son, you are my hope and pride!

Sun-mi, you are the most precious and loveliest
daughter, you always gave me courage, 'Father is our
hero, forever.'
I will carry this courage you have given me until
I am buried.
You are my hope and pride, too!

My love Elise, accepting the passion from my angry
waves of storm, we have walked together

for 20 years……

I was happy and always gave thanks.
Until death divides us we will love and be happy.
I will love you even after I am born again.

(IX)

"If you love your subordinates like children,
they will cross the deep water with you,
if you love your subordinates as you love your own
son, they will follow you to death."

"Love your subordinates like your children."
It took me 20 years to grasp this lesson.

Sun Tzu's strategy from company grade officer, using
as an expert of strategy, when my son becomes a
warrior, I can understand more clearly the truth of
loving my subordinates.

What is the main goal of leadership in the army?
Truth is the answer.
Affection, discipline and truth.

Only with enough iron to could be kill his favorite
subordinate, Masok,
with strong affection a commander will suck out

the infected tumor of his subordinate, it was the faith
of Napoleon who led the battle of Lodi Bridge,
you can make your subordinates follow you.

What is the warrior's view of death?
It is to prepare for death,
just as to prepare for life.

Death and life are separated at once,
therefore, soldiers have to live concentrating on every
moment.
And they have to be able to die on their own just as
they were able to live on their own.

What is the warrior's view of his nation?
It is righteousness and love through the
understanding of history.
This is the meaning of patriotism and loyalty.
Only those people who love themselves can love their
homeland.

What is the warrior's view of life?
It is through the way of self fulfillment.
The beginning and the end can only be joined together
by faith and belief.

What is the warrior's view of the universe?
It is overcoming the impossible.

What is the base of the strategy?
It is the best to win without war.
The essence of the strategy is concentration and
destruction of the enemy one by one.

(X)

A leader, whether a politician or a soldier,
must have faith and a philosophy.
He must have the courage to overcome action.

It has been 30 years since taking an oath of
loyalty and receiving my service number.

Wearisomeness continues throughout my life,
I'm still on the road of accomplishment of self
fulfillment though reflecting on the memorial ensign
of 30 years of my continuous service,
I think of the javelin thrower on the last day of
Pompeii.

"The woman was left behind with a heart bursting like
Vesuvius who can never change
his love for her,
Ah − the javelin thrower on the last day of Pompeii.
Be eternal, silent love!"

장군(將軍)과 진검(眞劍)

간밤의 어둠이
채 가시지 않은 새벽
진검(眞劍)을 뽑아 든 장군(將軍)의 모습

그 검(劍)의 섬광이 날카롭다

그는
지금 무슨 생각을 하는가?
무념무상(無念無想)의 경지인가?
아니면
미망(未忘)의 연(緣)을 일도양단(一刀兩斷)하는가?

The general and his genuine sword

The dawn which the night's shadow doesn't retreat into the distance, the general drew his genuine-sword.

The lights of the sword were delicate.

What does he think, now?
Does he rise over the world?
Does he cut his fate of forgetfulness by one stroke?

계백장군 무덤에 잡초 한 포기를 뽑으면서

신록의 푸르름이 더해가는
어느 화창한 주말

황산벌 옛 전장터 기슭에
천 삼백여 년의 세월에 묻혀
목숨 다한 충절과 패전의 한이 서린
계백장군의 묘역을 찾다.

쇠잔한 망국의 모습같이 초라한 묘역
그나마 소박한 주민들의 보살핌으로
투박한 비석 하나
'백제 계백장군 지(之) 묘' 홀로 서 있다.

앞으로 호반의 잔잔한 풍경
주변의 소나무 숲들
동네 개구쟁이들의 놀이 모습

그래도 간간이 찾아주는
방문객들이
패장(敗將)의 천년 한(恨)을
달래주는 듯하다.

버려진 듯 초라한 묘역
충절의 표상으로 일컫는
장군의 묘역에서
그 무덤에 잡초 한 포기 뽑아주면서
만고에 푸르던 그 기개 간 곳 없고

껍데기만 난무하는 세태에
한가닥 뜨거운 가슴을 느끼다.

무인(武人)의 길을 가는 이 땅의 후예여!
역사를 보라
그 속의 붉은 충절을 보라.

지도자의 길을 가는 이 땅의 후예여!
역사를 보라
그 속의 불타는 정의(正義)를 보라!

영생의 길을 구하는 구도자(求道者)여!
역사를 보라
그 붉은 충절, 그 불타는 정의 속에 영생의
길을 보라.

Pulling out weeds
at general Kye-baek's graveyard

On a bright weekend
when tender greens become bluer and bluer.

At the edge of the old battlefield Hwangsanbol,
he who had been buried for 1300 years,
steamed to grudge of expired loyalty and defeat
I visited general Kae-baek's graveyard.

With simple care the countrymen erected a crude
tombstone in a wretched graveyard, signifying a
nation decayed.

Where is the lakeside's quiet landscape with piny
woods.
There stands naughty boys.

Occasional visitors, trying to appease their
defeated sorrow through the ages.

In the wretched graveyard that is called with a symbol
of loyalty,
pulling out a handful of weeds, my heart leaps in to
flame, to see a world immersed in superficial things,
not understanding the importance of everlasting
loyalty.

Descendants of this land who are walking to be warriors!
Look at history and see the red loyalty in it.

Descendants of this land who are walking to be leaders!
Look at history and see the burning righteousness in it.

Men who have received the call to become immortal!
Look at history and see the red loyalty, a way of immortality in burning righteousness.

'적(敵) 병사의 주검 앞에서'

피에 젖은 조각난 아군 중위와 병장 복장의
전투복 노획물에선
썩은 장미꽃 냄새 같은 피냄새가 풍겼다.

적(敵)무장 침투조로 불리우는
사살된 3명의 젊은 목숨들─.

우리는 그 주검을 감쌌던 군복을 보며
적의 장비와 전술을 분석하고
전장의 흥분과 불타는 적개심을 느낀다.

그들도 상관의 명령을 지켜
침투했고 총을 쏘았을 것이다.

국립묘지에는 조국의 이름으로,
애국의 이름으로
죽어간 수많은 주검이 있다.

조국이 통일되는 날
삼국시대의 삼한일통(三韓一統)을 위해
죽어간 숱한 주검같이 그들도 기억되리라

In front of the dead enemy

As we watch our officers and soldiers uniform
which is the remains of the enemy soldiers,
I smell the scent of rotten roses.

Three expired lifes – dead soldiers
who were part of an enemy
armed – infiltration – team.

Watching those bodies in uniforms,
we analyzed the enemy outfits and tactics,
feeling the hostility on the battlefield and flaming
agitation.

Like us, they would infiltrate and shoot to keep their
officer's commandment.

There are so many dead in the National Cemetery who
died in the name of father land and patriotism.
When our homeland is united,
they will be remembered like those who died for
unification of the Three – Nations though they had
died with no name.

이등병(二等兵)에서 장군(將軍)까지

지원 입대서에 서명하고
까까머리 훈련병에서
진흙탕에 뒹굴며 총 쏘고 고함치며
그렇게 이등병 되고 병장되고 하사될 때까지는
입지(立志)에 몸부림치던
투쟁의 세월이었다.

결코 머무를 수만은 없었기에
'푸르타그'와 '나폴레옹'을 인용한 논문을
쓰고 장교가 된 후

제복과 조국과 충성의 의미를 익히고
전장에서의 생과 사의 의미를 배우며
그렇게 소위에서 대위가 될 때까지는
한반도 통일전역의 지휘봉을 꿈꾸던
도전의 세월이었다.

청년장교들과 전쟁원칙의
역사적 고찰을 논하며
청년장교의 꿈과 낭만을 강의하고
보병 사단의 작전을 계획하고 수행하며
그렇게 소령에서 대령이 될 때까지는
국가와 군대 그리고 무인의 철학을
수련하던
응전의 세월이었다

이제 꿈꾸던 조국의 장군이 되어
보병사단(步兵師團)을 지휘하며
정의로운 군대의 이상(理想)과 경륜을 위해
병영정의(兵營正義)를 지휘목표로 삼았다.

스스로 병영 정의에 충실함으로써
나의 철학을 행동 실천하리라.

아직도 가야할 길은 멀기만 하고
결코 멈출 수 없는 길이긴 하지만
낙화(洛花)의 모습이 아름다울 수 있도록
장군도(將軍道)를 지켜
철학이 있는 나의 길을 가리라!

From recruit to general

Signing a written application myself in an army
training camp for recruits.
Shooting, shouting, and rolling in the mud,
it was a time of struggle trying to overcome the many
obstacles,
until I became a recruit and corporal.

Never would I remain in that position,
after submitting thesis quoting Plutarch and
Napoleon, I become an officer.

Being trained to understand the meaning of uniform,
homeland and loyalty,
learning the meaning of death and life on the
battlefield.
From second lieutenant to captain,
it was during this time of challenge that I dreamed a
baton of United Korea.

Arguing about the historic events of battle
principles with young officers.

Lecturing on an officer' s ideal and romance,
planning and performing operational plans of a
division,

so, from major to colonel it was the time of response
that I had drilled into them a philosophy of nation,
troops and warriors.

Now I become a general of my country that
I dreamed, commanding the infantry division,
for the administration and ideal of army – justice,
I establish the commanding motto for army justice.

With loyalty to army – justice
I will practice this philosophy myself.

So long to go yet, as I cannot stay here,
to keep the best generalship until the last, as like the
beautiful falling blossoms,
I, with philosophy, will go my way.

제2부

Elise의 추억을 위하여

For the memories of Elise

Elise의 추억을 위하여

(Ⅰ)

200년 전 한 사나이가
미화된 순수한 사랑을 바쳤던 여인 Elise.

200년이 지난 후
지구의 그 반대쪽에서 태어난 한 사나이가
그가 사랑을 느낀 한 여인에게
Elise의 애칭을 주고
200년을 격한 세월을 사이에 두고
사나이와 사나이의 열전과 사랑을 겨루기라도 하듯
모두를 걸고 그 여(女)를 사랑했다.

한 사나이는 예술가이고 또 한 사나이는 군인이었지.
예술가와 군인.
예술가는 신의 작품을 모방한 창작을 하면서—

군인은 전장의 숱한 생사의 고비 속에서
순간과 영원의 의미를 음미하면서—
그렇게 서로의 정열과 사랑을 확인하려 하였지.

(Ⅱ)

전장에서 돌아온 그 젊은 군인에게
누군가가 충고하기를
"Elise의 사랑은 정신적인 사랑으로, 그리고 추억의
사랑으로 끝날 때 더욱 영원하리라." 라고 말했다.

그러나 Plutarch와 Homer를
동시에 사랑했던 그 청년장교는

단호히
"내 생애에 목숨이 하나이듯 사랑도 하나"라고
답하면서
화창한 봄날 오후 어느 조용한 역사(驛舍)에서

붉은 장미꽃 한 송이
감추듯 감싸 쥐고 홀로 서 있던 그 여(女)와
사랑과 운명의 '만남'을 이루고야 말았지 —

(Ⅲ)

예술가는 이상을 추구하고
군인은 현실을 추구하는가?

그래서 그 예술가는 한 편의 아름다운 음악을 남기고
그 군인은 평범하나 다듬어진 행복한
한 가정을 이루었는가!

아 — 목숨 하나이듯 사랑 하나이던
Elise의 추억이여 —
추억 아닌 현실로 Elise여 영원하라.

For the memories of Elise

(I)

200 years ago,
there was a woman whose name was Elise,
there was a man who dedicated himself to pure love
for her beauty.

200 years have passed since then,
and another man who born on the opposite side of the
earth,
gave a pet – name to a lovable woman, Elise.
And loved in eager mind
as to compete with that man 200 years ago.

One was an artist and other was a warrior.
Artist and warrior,
the artist having created the product
imitated the creature of God.

A soldier of many battles with the danger of living and
dying. Appreciating the meaning of each moment and
eternity. So did they affirm each other for their love
and passion.

(Ⅱ)

Someone advised the young officer, returning from
the battlefield,
"The love for Elise will last until eternity, when it will
finish with a memorable and platonic love."

But the young officer who loved Plutarch and
Homer at one time answered, "One love as one life."

On one mild spring day,
the woman who was standing lonely at a train depot,
with a cluster of red roses,
at last, accomplishes the meeting of love and fate.

(Ⅲ)

Does an artist pursue idealism,
and a soldier pursue reality?

As the beautiful music of an artist remains,
and did the soldier make the happy home
though it is common!

Ah — whether one life as one love,
the memory of Elise —
will be an eternal reality in my memory.

일기(日記)

어린 시절부터 일기를 써왔다.

그러나
남이 볼 수 있는 일기는
진실을 쓸 수 없었다

그래서
스스로의 암호를 만들어서
일기를 써 보기도 했다

'일상(日常)의 생활기록이 별다른 의미가
있을까?' 하는 회의(懷疑)가 오다

그래서
일일생활점검표를 만들어
일기를 대신했다.

그러나 역시
일기는 하루를 반성하고
자신과의 대화를 통하여
마음의 평화를 얻을 수 있는 기회를 준다

다시
일기(日記)를 쓴다

A Diary

I have been keeping a diary since childhood.

But, a diary which others can read,
does not contain a man's true thoughts.

So, I tried to develop my own code.
I had my doubts,
'Did my daily recordings have some special meaning?'

So, instead of a dairy,
I made a daily examination chart.

But, the diary gave me a chance to reflect upon my
day, and obtain peace of mind through inner
conversation.

So again, I started to keep a diary.

사랑하는 아들에게

사랑하는 나의 아들에게

雄아!

아버지와 어머니의 사랑의 편지와 일기들을
철(綴)하여 아버지의 삶, 그 사랑과 투쟁의
인생역정을 너에게 기록으로 물려주려 한다

인생이 유한(有限)할진대
먼 훗날, 너는 이 기록으로 아버지와 어머니를
기억하고, 여기에 너의 삶의 기록들이
첨부(添附)되어 너의 자식들에게 전해지고
또 그 자식이 그 자식에게 전해져서
나의 후손들이 조상의 삶을 재조명(再照明)하며
현명한 인생의 길을 걷는 길잡이가 되고
또 길이 기억(記憶)하게 하라

*余의 〈사랑과 鬪爭〉 序文 中에서

To my lovely son

To my lovely son, Woong!
Filing all lovely letters and diary from father,
I will give all these records to you, my love,
struggles······

Though the life is finite,
Someday!
This record will remind you of your parents, you
should hand over your son a monument like this,
adding your own life's recordings and encourage your
son to give them to his son···
Let these files remind my descendents of their
ancestors making a way for their lives.
Let them keep their recorded memories through out
their lifetime.

*annotion – in a preface of 〈My Love and Struggle〉

아들의 축하(祝賀)

푸르타크와 호머를 동시에 사랑했던
그 청년 장교는
이제는 지천명(知天命)하신 장군이십니다.

기쁜 마음을 전합니다.

아버지의
'사랑하는 내 아들' 雄

아! 순간-그 영원의 감격함이여……

Congratulations from my son

Once there was a young officer who loved
Plutarch and Homer at the same time,
now he is a general who knows the will of heaven.

Happy birthday to you!

I send you my mind, filled with delight

Your lovable son,
Woong

Oh! this moment – deep emotion eternally······

명견(名犬)

명견(名犬)은
주인이 아니면 꼬리치지 않는다

명견(名犬)은
주인이 아니면 먹이를 주어도 꼬리치지 않는다

명견(名犬)은
주인이 때리면 슬픈 눈을 하면서 순종하지만

명견(名犬)은
타인이 때리면 맹수가 된다

명견(名犬)은
지능지수(知能指數)가 낮아
가난한 주인을 떠나지 않는가?

명견(名犬)은
지능지수가 낮아
더 맛있는 먹이 앞에도 꼬리치지 않는가?

명견(名犬)은
지능지수가 낮아 한번 주인이면
영원한 주인으로 배신할 줄 모르는가?

그래서 '프레드릭' 대왕은
그의 애견(愛犬)과 귀머거리 몸종 한 명만
옆에 두고 임종을 했다던가!

A Fine dog

A fine dog doesn't fawn on anyone only the owner.

Though food is provided,
a fine dog doesn't fawn on anyone but the master.

A fine dog submits to his fortune with grievous
eyes if his owner flogs him.

A fine dog becomes a ferocious beast,
if others beat him.

Doesn't a fine dog abandon a poor owner
because of his low intellect?

Doesn't a fine dog beg for more tasty foods
because of his low intellect?

Doesn't a fine dog betray his host forever
because of his low intellect?

So, Frederick the Great faced death,
only with a faithful dog and a deaf servant!

보봐르 부인 평론(評論)

누구든 이런 책보다는
열 배 더 나은 책을 쓸 수 있겠다

내용도 의미도 없는 이런 책이
활자화되는 것이 이상하다

한 여인의 미화(美化)된 방탕한 사건을 다룬
터무니 없는 책이다

책 후미의 해설을 보니
그럴싸하게
현대문학의 창시니 어쩌니 하지만
이따위 내용이 그렇다면
누구는
불후(不朽)의 대작(大作)을 쓸 수 있겠다

우선 소재(素材)가 부도덕(不道德)하다
부도덕의 쟁화없이 소설을 끝냈다

전(前)에 읽은 『카프카』는 내용면에서
훨씬 노골적인 표현을 썼으나
부도덕에서의 쟁화로 맺음을 했다는 점은
훨씬 높이 평가되어야 할 것이다

다음은 전개가 지루하다
평자(評者)는 평범한 소재라 했지만
순간 속에서 영원을 찾고
하나의 돌멩이에서 우주를 발견할 수 있는
관찰력과 추리없이 어찌 작가라 하겠는가?

이런 여자, 그런 남편이 되겠다는
독자가 있겠는가?
엉터리 소설이다 종이가 아깝다
내일 아침 불태워 버려야겠다

Critique : Madame Bovary

If anyone would write a novel,
it would contain ten times more meaning than
Madame Bovary.

How strange that a book with no meaning and so poor
a plot was ever printed?

Senseless novel,
that deals with a woman's illicit affair.

According to the comment in the back of the book, the
novel was the beginning of modern literature.
If Madame Bovary is truly a work of art,
then I suppose anyone could write an immortal
masterpices.

First of all, I was offended by the novel's racy theme
as well as the fact that she was never punished for
her sinful behavior.

On the other hand, in the novel 「Kafka」even though
explicit the sexual material was more, yet the
consequences was justifiable.

Secondly, the unfolding of the story was boring.
Although the commentor said that it had a simple theme, the writer could find eternity in the moment, find the cosmos in a stone,
could one become a writer without the such power of observation, and reason.

Who would be a husband of such a woman?
Senseless novel, regretable story.
Tomorrow I will throw the book into the fire.

아! 피곤한 눈길이여.

유성교를 지나며
'아폴리네르' 의
미라보 다리를 연상하다

취객의
손길을 피하는
X- 마담의 몸짓에서

문득
피곤한 인생의 눈길을 느끼다.

Ah! A tired look of eyes

As I pass the Yu − sung bridge,
I am reminded the poem of the 〈Mirabeau Bridge〉
which was written by Apollinaire.

There,
at the jesture of X − madam
avoiding a drunk view' s

Suddenly
I feel her tired look of eyes from living.

아버지의 기도

신이여!
첫눈 나리는 날
이 무기력한 아비의 가난한 기도를
들어 주소서

신이여!
이 아비와 아들의 뜻이
동시에
이루어지게 하소서

신이여!
만약 하나만 이루어져야 한다면
사랑하는 내 아들의 뜻이
이루어지게 하소서

신이여!
당신에게 의지할 수밖에 없는
이 무기력한 아비의
가난한 기도를 들어 주소서

A father's prayer

God!
When it snows, the first of the season,
please receive the poor prayer of a languid father.

God!
May the desires of father and son be attained at the
same time.

God!
May my lovely son's desire be fulfilled,
if you intend to choose one among two.

God!
Receive the poor prayer of a languid father,
thore is no other way but to rely on you.

자기(自己)사랑

흔히들
이웃사랑과 나라사랑은 말하는 이 많지만
자기(自己)사랑의 의미를 논하는 이 없어라

세상에서 가장 아름다운 것이
진실된 사랑이라면
그 사랑의 조건이
자기(自己)사랑이 먼저임을 아는 이 그 얼마인가?

나를 사랑할 수 있을 때
스스로를 사랑하고 존경할 수 있는 인격(人格)이 완성될 때
이웃사랑 나라사랑도 가(可)함을
아는 이 그 얼마인가?

그대 지고지순(至高至純)의 진실한 사랑을 원하거든
먼저 스스로를 사랑할 줄 아는
자기(自己)사랑 법을 배워라

이웃사랑을 논하는 종교인이여
애국을 논하는 군인이여
지란지교(芝蘭之交)의 우정을 노래하는 시인이여!
그 사랑, 그 애국, 그 우정을 원하거든
먼저 자기(自己)사랑을 논하고 노래하라

Self – love

Though so many talk about the love of neighbor and homeland,
no one talks about the meaning of self love.

How many people know that the condition of love
begins first with self love?

How many people understand that the possiblity of
loving others and loving country come only after
understanding
how to love and respect themselves?

If you seek the purest and loftiest love,
first, you must learn to love yourself.

The priest calls us to love our neighbor,
the soldier loves his homeland,
the poet sings of true friendship!
If you want to love homeland and the friends first,
look to yourself and then sing about self love.

설경(雪景)

창 밖의 소나무 숲에
내리는 눈은 평화로움이다.

중동지역 '걸프' 전쟁이 한창이어도
창 밖의 소나무 숲에 내리는 눈은
풍요로움이다

사무실 야전난로의 모터 소리가
약간의 소음을 내더라도
병영(兵營)의 설경은 신비로움이다

멀리서 훈련병의 사격 총성이 들려와도
소나무 숲 속에 내리는 푸짐한 설경은
어린시절 마루에 걸터앉아
마당에, 정원에 쏟아지는 빗줄기를
바라보며 느꼈던
그런 평화와 풍요와 신비로운
동심(童心)의 세계가 있음을
일깨워 준다.

A snow scene

Peace comes from watching
Pine trees covered with snow far away from the
window.

Although the Gulf war is in the midst,
it is the abundance that,
snow peacefully falls covering the trees.

The snow scene from my barracks is a mystery,
even the noise coming from the heater in my office is
terrible.

Despite the firing shots of the recruits,
the view of snow in the piny woods,
sitting on the floor in my childhood,
feeling the rain drops enriching nature.

This scenery may open one' s eye, particularly,
a child' s mind full of peace, abundance and mystery.

짧은 기도(祈禱)

가장 소중함에 대한 안타까움
잃을까 깨어질까……

그 안타까움을 말하여
사랑이라 하는가? 정의(正義)라 하는가?

신(神)이여!
나의 그 소중함들에 연연한
이 안타까움을 지켜주소서

신(神)이여!
나의 이 짧은 기도(祈禱)가 당신에게
닿게 하소서.

A short prayer

Frustration that the most precious concept may be lost or broken······

Does frustration explain love? justice?

Oh, God!
Please don't let my frustration contaminate my precious concepts.

Oh, God!
May my short prayer reach you.

애견의 묘비명

흰색 곱슬 털복숭이 '뽀삐'
아침에 일어나 목줄을 풀어줄 때면

뒷발로 서서 앞발과 꼬리를 함께 흔들던……
한번 혼내고 나면 먹이를 주어도 모른 척 하던
자존심 강했던 '뽀삐'

어느 아파트에서 애완용으로 길들어진 습관이
이 곳 비호봉 아래 관사에 와서
야생의 본성을 되찾을 즈음

보다 자유스러우라고 풀어준 주인의
심정도 모르고
천방지축 울타리 밖으로 싸돌아 다니다
어느 잔인한 사냥꾼의 공기총에 맞고는
그래도 집을 찾아
철조망 울타리를 넘어와서는
그 자리에 쓰러져 영원히 잠들었구나

먹이로 다투고 주인의 사랑을 다투던
동료 '비호', '야포'와 함께 잘 놀던 곳
양지바른 언덕에 '뽀삐의 주검'을 묻고
묘비명 하나 세운다

"애견 뽀삐 여기 잠들다.(1993. 2. 12)"

An epitaph of one's pet dog

When loosening the bridle collar of my pup's neck
every morning,
Poppy my white dog with curly hair,
fawning tail and paw together while balancing on its
hind… Poppy a dog with great pride, even after a
sight scolding he cannot eat his food.

He was trained in an apartment, but he regained his
natural instinct here in Bi – ho – bong.

Not knowing his master's affection gives him more
freedom, he recklessly crawls out from the fence,

Shot by an air – rifle owned by a brutal hunter,
still trying to crawl back home through the fences,
there he sleeps forever.

There where he played with friends named 'Piho' and
'Yapo' fighting over food and a master's attention,
I buried him on the sunny side of a tombstone.

"Here sleeps Poppy my lovely dog. (1993.2.12)"

추억 만들기

장군묘역의 어느 무덤 앞에
검정드레스를 입은 한 여인 홀로 서있네.

아마도 혼자일 수밖에 없는 사연이
그 상념이 아름답구나.

추억은 비록 그것이 지난 날의 것이라도
추억은 비록 그것이 고인(故人)의 것이라도
그리움으로 아름다움으로
가슴 속에 남는다.

추억은 만들어 가는 것.
추억은 만들어 지는 것.

그리고 추억은 운명적인 만남 속에
이루어지는 것.

Making memories

A women alone,
standing in a black dress
in front of a general' s grave,

What is her story
standing there alone, absorbed in thought.

Memories which pass away,
memories of a deceased loved one,
memories which leave a beautiful yearning.

We make memories,
Memories are made.

And memories are possible,
after meeting our destiny.

제3부

메아리치지 않는 산울림

Never does the echo return to the mountain

메아리치지 않는 산 – 울림

인생은 메아리치지 않는 산 – 울림

얼마나 많은 산 – 울림이
얼마나 많은 절규가
얼마나 많은 사연들이
기약없는 메아리의 기대 속에
울려 퍼졌던가

사랑은 메아리치지 않는 산 – 울림
그 환희도
그 아픔도
결국은 메아리치지 않는
영원한 산 – 울림

가슴 속에 스미는 고독은
그 누구도 대신할 수 없는
메아리 없는 산 – 울림
메아리 없는 산 – 울림

반추(反芻)하지 않는 역사의 흐름같이
메아리치지 않는
산 – 울림이여
인생이여
사랑이여
사나이 웅지여.

비록 메아리 없는 산 – 울림일지라도
그 산 – 울림 있기에
사랑하며 투쟁하며 오늘을 산다

메아리치지 않는 산 – 울림의 인생이여!
메아리치지 않는 산 – 울림의 인생이여!

Never does the echo
return to the mountain

Life is "Never does the echo return to the mountain."

So many echoes,
so many screams,
so many matters,
the echo spreads out without commitment.

Love is "Never does the echo return to the mountain."
the joy,
the pain,
they are an eternal echo which never returns.

Solitude deeply soaks into the heart,
impossible to replace.
a mountain with no echo,
a mountain with no echo,

Never does the echo return to the mountain,
like history which expires with no reflection,
oh! echo,
oh! life,
oh! love, and the ambition of manhood.

Even though the echo never return to the mountain,
there are other echoes out there,
So today I love, strive and live.

In life the echo never return to the mountain!
In life the echo never return to the mountain!

기상(起床)의 기도(祈禱)

"순간은 영원에 통하고 하루는 일생과 같도다."
비록 삶이, 현실이
고난과 역경의 고해(苦海)라 할지라도

우주의 신비와 아름다운 자연
그리고 나의 사랑하는 이들이 있기에
역시 삶은 죽음보다 아름다운 것

이 순간을 이 하루의 삶을
감사하며 향유하라

"순간은 영원에 통하고 하루는 일생과 같도다."
감사하는 마음 용서하는 마음
그리고
즐거운 마음으로 하루를—

깊은 명상과 철학적 신념으로
모든 순간을 의식하는

나의 사랑과 투쟁의 하루를—

한 번 말하고 행(行)하기 전(前)에
두 번 생각함으로써
스스로 만족할 수 있는 나 다운 하루가 되게 하소서.

"순간은 영원에 통하고 하루는 일생과 같도다."
결과가 아닌 과정으로서의
삶을 추구하며
인생의 처음과 끝을
연결할 수 있는 생애—

모든 순간 삶의 준비를 갖추듯
죽음의 준비를 갖추고
생존을 위한 현실적 투쟁과
진실한 사랑이 충만한 생애—

그 속에서도 항상 인생의 목적이
스스로 만족할 수 있는 인격의 완성
자아완성(自我完成)에 있음을 잊지 않는 생애로서의
오늘 하루가 되게 하소서.

그리하여 그 어느 하루 중
나의 생애가 끝나는 그 날에도—

나의 기상의 기도를 드릴 수 있는
경건한 나의 생애(生涯)가 되게 하소서.

A prayer at sunrise

"A moment flows through eternity,
a day is like a life."
Though life's reality is a hard ocean of
hardship and pain,

Because of the mystery of the universe, beautiful
nature and the people that I love,
life is more precious than death.

Enjoy every moment and appreciate the day.
"A moment flows through eternity,
a day is like a life."

A day with thoughts of appreciation, forgiveness, and
joy.

"A day filled with my love and struggle,
with philosophical faith and deep meditation
being conscious of every moment.

Let me think twice before making a decision,
and let me be satisfied with my life.

"A moment flows through eternity,
a day is like a life."
Pursuing life, not seeking the result but giving my all
to the process, trying to connect the beginning with

the end.

Did I prepare for life as well as I am
preparing for death.
To live is a struggle, but with true love life is
abundant.

There is a goal in human nature itself,
not will I soon forget self accomplishment
and be satisfied with my growth.
May God embrace me in truth.

Though someday,
I may die.

May God make me reverent in my life to give
prayers of hope at sunrise.

승(勝)과 패(敗)

누가 일러 승패를 병가상사(兵家常事)라 했는가?

초패왕(楚覇王) 항우(項羽)는
해하(垓下)의 일전(一戰)에 천하를 걸었고

Napoleon은
'워-터루' 포연(砲煙) 속에 '콜시카'의 꿈이
사라지지 않았던가!

그대 아는가?
승(勝)과 패(敗), 그 환희와 아픔을-
해 뜨고 지는 세월 속에 모두가 흘러가도
그 환희, 그 아픔 흘러갈 줄 모르네……

인생은 어차피
승패의 연속인 것을-
겸손한 승리도 당당한 패배도
죽음 앞에 한번은 패(敗)하는 것을-

그대 영원한 승리
그 벅찬 환희의 삶을 원하거든
패배를 승리로
아픔을 환희로 창조하는 투사(鬪士)

상승(常勝) 철인(哲人)이 되라!

Victory and defeat

Who was it that said, every man should
essentially experience defeat before victory?

A legend has it that,
Xiang Yu, the King of Chu bet the world on a battle at
the He Xia,

Napoleon's grand dream at Corsica
vanished into gun smoke at waterloo.

Do you know?
The joy of victory and the sorrow of defeat.
Though everything changes with time,
The joy and sorrow of struggle does not go away.

Anyway, life is a sequence of struggles,
It is natural modest victory and grand defeat should
kneel to death someday.

If you hope for eternal victory with the joy of life,
be a fighter, that can turn sorrow into joy,
defeat into victory,

be a philosopher who is always the victor!

기억(記憶) 지우기

수첩 속의 전화번호는
지워버리면 없어지건만

기억 속의 그 사람
쉬 - 이 지워지지 않네.

세월이 흐르면
지난 날의 맹세도 아픈 추억도
모두 다 퇴색되듯이
기억 속의 그 사람
잊혀질 줄 알지만

수첩 속의 전화번호를 지우며
잊어야 할 사람
기억 지우기를 되풀이 한다.

Erasing memories

If I erase a telephone number from my
pocket – book, the number is gone,
but the memory is not easily forgotten.

As time moves on,
her memory is forgotten,
possible to erase past oath's and pain.

Erasing a telephone number,
trying to forget the memory,
I must continually erase her from my mind.

인생 '마라토너'

제25회 서울 올림피아드의
어느 여(女) 마라토너

우승이 아님을 확신하면서도
완주의 성취감을 목표로 뛰는 마라토너
'꽘'의 48세 여교수 '클리츠키' 여사는
절뚝거리며 꼴찌로 완주했다

인생은 누구도 대신할 수 없는
홀로 뛰는 마라토너

우승이 하나뿐이라면
우승 아닌 그 숱한 인생 마라토너는
무엇을 위해 뛰는가?

인생에는 우승이 아니라도
완주의 성취감이 안겨주는
또 하나의 우승이 있지 않은가!

그 또 하나의 우승
꼴찌들의 완주하는 우승을 위해
인생 마라토너는
홀로 뛰기를 계속 하리라.

Marathoner

A woman marathoner,
from the 25th Seoul Olympiad.

Confident of not being the victor,
the marathoner who has the goal of running
the whole distance, this is her goal.
A 48 years old female professor,
named Klizki from Guam,
finished the goal line lamely.

Life is like a marathoner running alone,
no one can take her place.

If victory is the only name,
then why is the marathoner's running not for victory?

Life, is not for those who win the race,
but for those who run the whole distance!
There we find another kind of victory.

A another kind of victory
a victory which comes from running the whole
distance until the end,
during one's lifetime, the marathoner will always
continue to run on one's own.

'덤' 인생

국립묘지

옛 부하의 묘비 앞에 서서
경건한 거수 경례 후
담배 한 가치 불 붙여 묘비 앞에 놓고
멀지 않은 지난 날 그와 함께 했던
병영생활의 기억들을 더듬으며
'덤'의 인생을 생각한다.

묘역을 거닐며
군데군데 모여 앉은
산 자와 죽은 자의 대화를 들으며
어느 아낙의 통곡하는 흐느낌을 들으며
찬송가와 염불소리 들으며
'덤'의 인생을 생각한다.

언젠가 나도 이 근처 어느 묘역에
묘비 하나 남기고 갈
지금은 푸른 잔디 시원한
정리된 묘역 지역을 바라보며
'덤'의 인생을 생각한다.

조그만 묘비 밑에
한줌 뼈가루로 변한
죽은 자는 말이 없고

그가 누구든 산 자는 모여 앉아
통곡하고 흐느끼며 추억에 잠기어
'넘'의 인생을 생각하며
오늘의 삶을 위로 받는다.

묘역에서는 산 자와 죽은 자의 대화속에
'넘'의 인생론이 있고
산 자가 위로받는 철학이 있다.

A second chance for life

The National Cemetery.

Standing in front of an old subordinate's tombstone.
After raising my hand in salute with respect and
putting down my cigarette,
I think of a second chance of life.
He shared many experiences with me,
and I recollect my memories, life in the barracks.

Walking around the graveyard,
hearing others communicating here and there
with both the dead and the living,
hearing a woman cry, some kind of hymn,
probably a buddhist invocation,
I think about my second chance for life.

Someday,
I will be buried under a tombstone in some graveyard.
Now I think about the second chance for life,
looking at the well arranged graveyard with fresh
green grass.

The dead have returned to nature with calm and quiet,

Whoever they are,
the living are crying and sobbing with memories,
remembering of the second chance for life,
consoled would their lives be.

At the graveyard,
the dialogue between the living and the dead,
There is the theory of the second chance for life
and the philosophy of consoled by the dead.

침묵(沈默)할 줄 알아야 한다

더 큰 웅변을 위해서는
침묵할 줄 알아야 한다

장마철 개구리 울음소리 소란스러울 때는
침묵할 줄 알아야 한다

쓰레기를 청소하기 위해서는
침묵할 줄 알아야 한다

웅변은 여러 번 하는 게 아니고
단 한 번 하는 것이다

더 큰 웅변을 위해서는
침묵할 줄 알아야 한다

One should know when to remain silent

One should know when to remain silent,
for better eloquence.

One should know when to remain silent,
when frogs cry out during the rainy spell
of early summer.

One should know when to remain silent,
to clean up waste.
A wise man says something only once,
not twice.

One should know when to remain silent
for better eloquence.

호올로 있는 밤이면

하루가 끝나는 시간이면
어딘가 가보고 싶네

잠 못 이루는 밤이면
누군가 만나보고 싶네

호올로 있는 밤이면
누군가와 예기하고 싶네

호올로 있는 밤이면
독배(獨盃)의 잔이라도
들어야겠네.

One lonely night

I want to go somewhere,
at the end of the day.

I wish to meet someone,
when sleepless at night.

I want to talk with someone,
on a lonely night.

One lonely night gives me,
the drink of solitude.

자연으로 돌아가리

가을이 오면
낙엽이 지듯이
삶의 시간이 지나면
낙엽같이
죽음은 오는 것.

죽음은
가을에 낙엽지듯 자연으로 돌아가는 것.
단풍이 낙엽되어 떨어지듯
그것은
다만 자연으로 돌아가는 것일 뿐……

언제라도 그때가 오면
낙엽 태우듯
사랑과 투쟁의 내 인생 여정을 불사르고
자연으로 돌아가리

Returning to nature

When autumn visits, leaves fall.
And life flows on,
like falling leaves, death comes at the end.

Death is returning to nature like the falling leaves.
Maples leaves flow back to nature, only······

When the time comes,
put the leaves in the fire,
after my life of love and passion comes
to an end, then I will return to nature.

그대 영원한 고독을 꿈꾸는가

누가
인생은 짧다고 말했는가?

기다림의 긴 세월을
누가 일러
짧다고 말하는가!

세상사 모두가 불확실할 때
가끔은
삶이 지루할 때

그대 영원한 고독을 꿈꾸는가?

Are you dreaming of eternal solitude?

Who was it that said
life is short?

Who was it that said
the ocean of waiting is short!

When everything in the world is uncertain,
and life is sometimes tedious,

Are you dreaming of eternal solitude?

불꽃이여

일일인생론(日日人生論)에서는
나날이 새로워지는(日新又日新)
철학이 있다

오늘이 생애 최후의 날(日)이라도 좋은가?
스스로 자문해 보라.

좋다! 하고 답할 때
불꽃같은 투지를 느끼리라.
그 생존의 투지! 그것이 불꽃이다.

아! 불꽃, 불꽃이여.
회환의 자학도 이루지 못한 꿈의 영상도
모두 그 불꽃 속에 사르고
불꽃같이 살리라
불꽃같은 삶을 살리라

The flame

View of life in the day,
there is a philosophy which everyday brings a new
day.

Ask yourself!
As this day comes to an end does my life still matter
to you?

When you answer 'yes' then,
you may feel the spirit like the flame.
The sprit of being alive! That's the flame.

Oh! flame, flame
torturing us with regret,
an image of a dream which has not come true,

Throw those into the flame,
I live in this flame.
I will live a life filled with this flame.

마음 비우기

(I)

일찍이 ‘토인비’는 인류 역사 발전의
원동력은 ‘도전과 응전’이라 했다.
한 인생의 삶에 있어서도
발전의 원리는 동일하다.

‘도전과 응전’의 뜻은 바로 투쟁의 개념이다.
그것이 ‘다윈’의 적자생존의 투쟁이든
‘칼 막스’의 자본가와 노동자의 계급투쟁이든

사회 각 기능분야에서의
개개인의 선의의 경쟁이든 간에
보다 치열한 투쟁,
보다 치열한 도전과 응전이 있는 곳에

보다 전향적인 발전의 역사가 있다.

(II)

‘도전과 응전’의 변화의 개념일 수도 있다.
끊임없는 자기변신에의 노력과 열정
변화에 대한 도전의 의지,
불확실성에 대한 응전의 투지

이것이 변화의 개념이며 발전의 원동력이다.
그러나 여기서 간과해서는 안 될 것이 충동적인
변화의 욕구다.
혹자는 설혹 잘못되는 한이 있더라도 변해야
한다고 하지만
이것은 무책임한 얘기다.

스피디(speedy)한 경주,
급변하는 시대상황 속에서는
한 번의 잘못된 변화는
돌이킬 수 없는 상황이 될 수도 있기 때문이다.

따라서 변화는 미래지향적이어야 하고
발전적이어야 한다.

심사숙고한 결과이어야 하고 확신에 찬
결단이어야 하며
때를 기다릴 줄 아는 인고(忍苦)의 결론이어야 한다.

(Ⅲ)

위대한 '도전과 응전'은 겸허한 자세,
진실로 비운 마음속에서만 가능한 것이다.

아름다운 삶은 마음의 평화에서 얻어진다.
마음의 평화는 어떻게 얻어지는가?

마음을 비웠을 때 진정 평화를 얻을 수 있다.
마음을 비운다는 것은 무엇을 의미하는가?

미래에 대한 간절한 소망도 뜨거운 바람도
모두 다 버리란 의미인가?
그래서 현실에 안주하란 뜻인가?

아니다! 결코 그런 뜻이 아니다.
비전(vision)이 없는 삶 그것은 무의미하다.

인간이 바로 우주일 수 있는 것은
의식할 수 있는 것.
생각할 수 있는 것.

미래에 대한 비전(vision)을 가질 수 있기 때문이다.

진정 마음을 비운다는 것은 결과를
확신하되 그 과정을 수용할 수 있어야
한다는 뜻이리라.

Empty the mind

(I)

Once, Toinby said,
the motivating power of man's developmental
history is 'challenge and response'.
To every man's life, this fundamental truth is the
same.

'Challenge and response' is the concept of fighting.
Weather it is Darwin's philosophy of survival of the
fittest or Karl marx's class strife between capitalist
and laborer, or the competition of good faith in each
field of faculty in society, in the place of more keener
competition, in the place of the keener challenge and
response.

there is a history of development.

(II)

'Challenge and response' might be the ideal of
variation.
Effort and passion of endless self-change.
Intention of challenge to a variation.
Fighting spirit of response to an uncertainty.

This, an ideal of variation and a motivating power of development.

But no impulsive desire to change.
Some say, even if there' s fault, it must be changed.
This is irresponsible talking.

A speedy race in the rapidly changing times,
one mistake in a development,
it could result in irreparable loss.

A variation should be future-oriented and developmental, it should be a result of contemplation and a decision of certainty.

It should be a conclusion of endurance,
waiting one' s time.

(Ⅲ)

A great 'challenge and response' is a humble posture
and possible when you empty the mind truly.
A beautiful life comes from peace of mind.

How can you find peace of mind?
after emptying the mind, then you can find it.

What does it mean to empty the mind?
Eager desire and hot want for future,
throw away all of them?
and live peacefully in present?

No! it doesn' t.
The life of no vision,
That' s meaningless.

Human could be the universe.
Because they could be conscious of and have the
vision for future.

Emptying the mind truly,
though I believe the result
but the process could be accepted.

우리들의 영웅(英雄)

천재가 못된 천재주의자
영웅이 못된 영웅주의자
방황과 분루(憤淚)의 날들……

그러나
그에게 보낸 사랑하는 딸의 격려는
그 모두를 보상하리만치 위대했다.

"그래도 아버지는 우리들의
영웅이십니다."

Our hero

Genius − mania not to be a genius.
Hero − mania not to be a hero.
Times of wandering and tears of pain.

But, a letter from my lovely daughter, was a joy which
compensated for everything.

"···But, you are the eternal hero in my mind."

역사를 읽자

세상사(世上事) 여의치 못하여
실의와 좌절을 느낄 때면
역사를 읽자

그 속에 부침하는 생애(生涯)를 보자

가끔은 삶이 권태롭고
생활이 피곤하기만 할 때면
역사를 읽자

그 속에 영겁(永劫)의 세월과
우주의 신비를 보자

격렬한 한판 승부가 끝났을 때면
역사를 읽자

승자의 오만도
패자의 회환도
한갓 찰나임을 알리라

자연의 아름다움과
한가로운 넉넉함 속에
생명의 환희를 느낄 때면
역사를 읽자

비록 찰나라 하더라도
불꽃같은 생명의 환희를 그 속에서 찾으리라

Let's read history

When we feel frustration and are baffled by world
affairs,
let's read history.

Let's see life as it rises and falls through the history.

When our life becomes exhausting
and only tedious,
let's read history.

Let's watch the stream of life
and the miracle of the universe.

When the game is over,
let's read history.

We will know the victor's arrogance,
the remorse of the defeated is momentary.

When we feel life's delight in a lenient mind,
and natural beauty,
let's read history.

Though for only a moment,
there we will find life's delight in a flame.

제4부

예고(豫告)된 이별(離別)이 아름답다
Expected farewell is beautiful

예고(豫告)된 이별(離別)이 아름답다

죽음이 예고(豫告)되었다 하더라도
삶은 아름답듯이

낙엽(落葉)이 예고(豫告)된 새싹의
그 현란(眩亂)함이 눈부시다

이별(離別)이 예고(豫告)된
그 만남 가슴 설레이듯

예고(豫告)된 이별(離別)이 아름답다
예고(豫告)된 이별(離別)이 아름답다

Expected farewell is beautiful

As life is beautiful, death is expected

As seeds are to become fallen leaves as expected
Its floweriness dazzles

As farewells are expected out of a fluttering
relationship

Expected farewell is beautiful
Expected farewell is beautiful

붉은 질투(嫉妬)

질투(嫉妬)의 색깔은 어떤 것일까?

아마도 푸른 색깔이리라
창백(蒼白)한 푸른 색깔이겠지 -

나는 그 창백(蒼白)한 푸르름이 싫다
그래서 아마도 나는
질투(嫉妬)를 싫어하는가 보다

나는 사르비아의 그 짙붉음이 좋다
아마도 그것이
심장(心臟)의 핏빛을 닮아서겠지 -

비록 꽃모습은 별로이더라도
그 짙붉음, 그 색깔이 좋다

그래서 오늘
나는 핏빛 같은 붉은 질투(嫉妬)를
하는가 보다

Bloody Jealousy

What is the color of jealousy?

It will probably be blue
Pale blue it will be—

I detest the pale blueness
That is why I
Detest jealousy

I favor Silvia's deep redness
Perhaps that
Resembles the heart's red blood—

Although the appearance of a flower may not be
special
Its deep redness, its color I like

누가 나에게 사랑이 무어냐고 묻네

내가 다니는 단골집
그 집 신참 여인(女人)이 나에게 묻네—
사랑이 무어냐고?

나는 잘 모르겠네—라고
답(答)하고 보니

사랑이란?
글쎄—희생(犧牲),
그냥, 아쉽지 않고 후회(後悔)되지 않고
그냥 그렇게
가슴 설레이는 게 아닐까?

"보지 않아도 좋은 사람
 목소리만 들어도 가슴 설레이는 사람
 천년(千年)을 기다려도 좋은 사람"

그러나—
아! 생각나는 게 있다.

길어야 30개월이 지나면
그 가슴 설레임이 끝나는 것
그것이 사랑인가?

누가 나에게 사랑이 무어냐고 묻네!
글쎄, 사랑이 무언가
난 잘 모르겠네—

Someone asked me what love is

Steady place I go
Unseen woman is asking
What is love?

After saying
I am not sure

Love is?
Let me see – a sacrifice
Just, no loss feeling no regret it is
Just as it is
Make your heart flutter?

"Flutters my heart even not around
Flutters my heart just hearing the voice
The one I can wait for thousand years and will still
flutter my heart"

But,
Ah! Something occurred in mind.

After thirty month
That feeling will disappear
That is love?

Someone asked me what love is!
Well, what is love
I am not sure –

아들의 사랑을 위한 헌시(獻詩)

새 천년(千年)에 맺어진
너희들의 사랑에
영원(永遠)이란 이름으로 축복(祝福)을 보낸다

A dedicated poem for my son's love

In the new millennium a love knot was tied
In your love
In the name of eternity I will send you my blessing

감사(感謝)하며 보내는 하루

감사(感謝)하며 보내는 하루는
죽음을 준비(準備)하며 보내는
하루이기 때문이다.

즐거운 하루는
오늘이 마지막 날이라 생각하며 보내는
하루이기 때문이다

오늘
하루라는 그 아쉬움을
벗어날 수 있는 것은

역사(歷史) 속에서 사투(死鬪)하며 각축(角逐)하던
숱한 나의 역사적(歷史的) 경쟁자(競爭者)들이
이때쯤은
이미 모두 유명(幽明)을 달리했기 때문이다

신체적(身體的) 기능(技能)이
시력도, 치아도, 체중도 모두가
전과 같지 못해도

아직은 한 잔 곡차(穀茶)가 즐겁고
한개비 담배 연기가 편안(便安)하기에
오늘 하루가 즐겁고 감사(感謝)하다

빠듯빠듯 다른 여유(餘裕)는 없어도
골프 대신 산행(山行)하고
그렇게 눈높이 낮추면
아직은 누구에게 아쉬운 소리
하지 않아도 되기에

오늘 하루가 감사(感謝)하며 즐겁다

산(山)에 오를 수 있고
그 정상(頂上)에서 맛보는 천하(天下)가 부럽지 않은
기개(氣槪)가
아직은 남아 있기에
오늘 하루가 더욱 즐겁고 감사(感謝)하다

하루가 시작되는 아침
잠에서 깨어나면
비록 지난 밤 악몽(惡夢) 시달리고
아직은 용서(容恕)는 하되 잊을 수는 없는
기억(記憶)들이 남아 있어도
그리고 오늘이 마지막 하루라 하더라도

이 생존(生存)의 시간에
감사(感謝)하고
나의 사랑하는 사람들과 이웃,
정의(正義)로운 세상(世相)을 위(爲)해
기도(祈禱)하는 시간(時間)이 있기에
오늘 하루가 즐겁고 감사(感謝)하다

그리고 이렇게 서투나마 한 편의 습작(褶作)을
남길 수 있어
더욱 즐겁고 감사(感謝)하다
오늘 하루가—

감사(感謝)하며 보내는 하루는
죽음을 준비(準備)하며 보내는 하루이기 때문이다.

즐거운 하루는
오늘이 마지막이라 생각하며 보내는
하루이기 때문이다

Spend a day in appreciation

Spend a day in appreciation
Because it is a day that you are preparing for death

A pleasant day,
Brings a thought that today is the last day

Today,
To free oneself from
Miss feeling that it is only one day

To struggle in a history and to revive my buried
historical rivals
By now,
They already passed away from present life

Physical function,
Eyesight, a tooth, weight all together
Will not be as they were previously

Yet, one shot of wine is pleasant,
Comfort from a smoke of a cigarette,
That is why a day is pleasant and appreciated

Even there is spare time to spend
I go hiking instead of golf
Living a normal life
I need no aid of others

Today is more pleasant and appreciated

Climbing the mountain
Taste of High-spirit still remains at the peak
I feel no envy towards the world
Today is more pleasant and appreciated

Morning of new day
Awake form a sleep
Though, chased by passed moments' nightmare
I forgive but still remains in my memory
Although today is the last day

Appreciate
Time of my existence
Neighbors and people that I beloved
Because there is a time for a prayer
For the righteous world
Today is pleasant and appreciated

Because inexperienced one like myself
Am able to leave an essay behind
Today is more pleasant and appreciated
Today.

Spend a day in appreciation
Because it is a day that you are preparing for death

A pleasant day,
Bring a thought that today is the last day

아침을 기다리는 사람

이 아침이 더욱 빛남은
나의 사랑이 있기 때문이요

이 하루가 더욱 찬란(燦爛)함은
나의 사랑을 느낄 수 있기 때문이다

이 순간(瞬間)의 생존(生存)에 감사(感謝)함은
그대는 나의 신(神)이기 때문입니다.

*雄이 1주년 결혼기념일을 위한 頌詩

The one who waits for the morning

The morning is brighter than before, because my love
exist

The day is brighter, because one can feel my love

I appreciate my existence in this moment, because
your are my god

*For my son "Woong" 1st year wedding anniversary

환갑송(還甲訟)

2002년,
우리 나이로 61세, 소위 환갑(還甲)을
맞이하는 해이기도 하다.

환갑(還甲)이라, 人生 60년….
항상 준비(準備)하며 살자.

지나온 한평생(平生),
후회(後悔)도 없다. 회한(悔恨)도 없다.

이 생(生)에서 주어진 생명(生命)의 축복(祝福)에
감사(感謝)한다.

The 60th birthday (Hwan Kahp) song

Year 2002,
Our age 61
The year that we will face our Hwan Kahb

Hwan Kahb, 60 years of life.
Always live in preparation.

Passed life time,
No regret, no looking back

I appreciate life and blessing that has been given to me in this lifetime.

주례사(主禮辭)

「우정(友情)도 사랑도 가꾸어 가는 것」

그것은 이 세상(世相)에서
완전한 인격(人格)이란 존재(存在)하지 않기 때문이다.

미 코넬大 연구팀이 보고한 37개의
다양한 문화집단에 속한 5,000여명을 인터뷰한 뒤
내린 결론은
"남녀간의 가슴 뛰는 사랑은 길어야 30개월"이란 것이다.

이는 생물학적(生物學的)으로 증명(證明)된 것이라 한다.

한때 미국의 베스트셀러인 '다 쓰고 죽자'의 저자
「스티브 플렌」은
"따라서 성공적(成功的)인 결혼(結婚)이란 배우자(配偶者)를
가장 친한 친구(親舊)로 만드는 것이다"라고 말했다.

나는 그의 말에 전적(全的)으로 공감(共感)한다.

이 이치(理致)를 잘 알고 가장 친한 친구(親舊)를 만드는 과정
(過程)으로서의 결혼생활(結婚生活)을 함께 가꾸어가기 바란
다.

그래서 진정 행복(幸福)한 삶을 누리기를 기원(祈願)한다.

Words at a wedding

「Friendship and Love are to be decorated」

Because in this world there is no such thing as perfect character.

According to Cornell University research team survey of 5,000 people in 37different cultures, the most sparkling moment in their relationship only lasted 30 months.

this has been scientifically proven.

Once a best seller Die broke's writer Stephen M. Pollan said,
"Success in Marriage is to make your spouse your best friend"

I totally agree with his remark

Seek this principle and build your marriage life in making your spouse your best friend.

Therefore, I pray for real happiness in your life.

송년송(送年頌)

살았노라.

항상 최선(最善)을 추구(追求)했노라

그래서
후회(後悔)도 회환(回還)도 없는
감사(感謝)만 남았노라

End of the year song

I have lived

Always tried my best

Therefore,
Have no regret and, no looking back
Only gratitude has left

가보지 않은 길을 떠난 딸에게

오늘의 U. S. A가
그랬던 것처럼
너의
가보지 않은 그 길이
고난을 이긴 한 개척자로서의 빛나는
유산이 될 수 있기를 빈다.

For My Daughter
Who Departed to Untraveled Path

Like how
Today's U. S. A. was
I wish
Your untraveled path be
The rich estate of a pioneer
Who withstands affliction

아! 지리산(智異山)

소위 백두대간(白頭大諫)의 마지막 자락을 일러
지리산(智異山)이라 했던가?

그 종주(縱走)길 66㎞를 1998년 7월 어느 날
7명의 옛 벗들이 어울려
3박 4일 산행(山行)의 여정(旅程)에 오르다

그래도 1년 이상 동우(同友) 산악회 멤버로
서로를 익히고 알아온 옛 벗들−

그렇지, 벗들이지
10代의 소년시절 망월대 아래 배움터에서
서로를 알았던 몰랐던
함께 꿈을 키운 벗들이지

이제 지천명(知天命)의 고개를 지나
흰 서리 나린 머리카락
드문드문 대머리,
주름살 깊어가는 얼굴들
40년 세월(歲月)이 안타깝구나

지리산(智異山)−전라, 경상 3도가 만나는 곳

그래서 누구는 고려조 왕건 이후
민족(民族)의 화합(和合)은 지리산(智異山)에서부터 시작(始
作)해야 한다고 했던가?

아! 지리산(智異山)
일찍이 삼한(三韓) 일통(一統)을 꿈꾸었던
광개토, 계백, 유신이 도모했던
그 영산(靈山)

운무(雲霧)낀 지리산 150리 그 모습….

1,507m의 노고단, 1,734m의 반야봉, 벽소령,
1,915m의 주봉 천황봉,
쟁쟁한 이름들이 그 명성(名聲)을 뽐내어도
영겁(永劫)을 두고 흐르는 운무(雲霧)의 대하(大河),
그 위대한 침묵(沈默) 속에
모두가 부질없어라

산행(山行)길 마주치는 등반객(登攀客)이 주고받는 격려(激勵)
의 인사(人事)도, 인사(仁慈)힌 덕담(德談)도
벽소령 산장, 잠자리 아귀다툼으로
그 짧은 기만(欺瞞)이 끝나는 곳,
약삭빠른 처신(處身)이 당장의 이익(利益)이라는 것쯤
모를 리 없건만

덜 약삭빠른 다른 많은 눈들이
침묵(沈默) 속에 그 마음을 읽고 있는 곳

일찍이 산(山)은 겸손(謙遜)을 배우고
타인(他人)에 대한 배려(配慮)를 배우는 곳
그래서 지자(智者)는 물을 찾고 인자(仁者)는 산을 찾는다고
했건만

지리산(智異山) 종주(縱走)길 150리에서 보이는 것은
가득 찬 껍데기뿐이니
역시 껍데기는 껍데기만 보이는 것일까?

아! 그래도
침묵(沈默)의 산(山), 화합의 영산(靈山) 지리산(智異山)이여!
나, 그대를 그리며
비록 이것이 껍데기라 하더라도
그 모든 추억(追憶)을 그리워하리라!

Oh! Mountain Chiri

So called, lowest edge of East Baek—Doo mountain
stream, Mountain Chiri?

One July evening of the year 1998, on the mountain—
range of 66km of trail, 7old comrades united
Began 3days and 4nights of a mountain journey

Nevertheless, a year of relationship in an Alpine
society
Familiar and known faces of my old comrades

So it is, my old comrades

Spending our youth in a learning place under Mang—
Wal Dae
Known or unknown
Comrades we together, have built our dreams.

Now, passing the hills of Ji — Chun Myung(knowing of
the blessing of God)
White frost passing by our hair
Ones and twos of baldpate,
Deep winkles of faces
40years of life, of heartfelt

Chiri Mountain — Jeol—la, Kyung — Sang where the 3
provinces meet

Is that why some says after the KoryO(an ancient Korean state) King Kun era. Unification of nation should start from the Chiri Mountain?

Oh! Mount Chiri
Where ancients dreamt of unifying three kingdoms together.
Great king KwanGaiTo, general KaeBaek, general YuShin where they all have planned unification
it is the mountain of divine spirit

Mount Chiri featuring mist surrounding 150miles of itself⋯.

1,507m of Nogo terrace. 1,734 of Banyah peak, BaekSoRyung, 1,915m of JuBong ChunHwang Peak,
Even people boast names of renowned fame
In its silent beauty, never ending stream of mist river,
All are useless

Greetings of fellow hikers in the trails,
Gncouragement and charitable remarks.
In BaekSoRyung mountain villa,
Bedding argument, where it all ends.
Should be aware of clever behavior is immediate gain.

Place where less clever ones,
Look through your mind in silence

Mountain, where you learn modesty
And learn to care of another
That is the reason a wise man looks for water and a
benevolent person looks for mountains.

Only emptiness is seen through 150miles of Chiri
mountain trail.
Maybe empty,
Person only sees emptiness?

Ah! Nevertheless,
Chiri Mountain! Silence mountain. Harmonious
Spiritual Mountain
I yearn
Even though it is empty
Each moment of memory I cherish

제5부

이무기의 눈물
Tear of the Python

이무기의 눈물

하늘과 바위가 맞닿는
정상(頂上)을 향해
키재기 하는 군암(群岩)의
틈새에 앉아
한잔 곡차(穀茶)의 도도한 흥취(興趣)에 젖어
나 또한 그 반열(班列)에 도전(挑戰)하니 –
웃는다!

스치는 바람이,
암벽(岩壁)에 뿌리내려 천년(千年) 세월을 지킨 청송(靑松)이,
그리고
흐르는 구름과 불타(佛陀)의
미소 같은 태양(太陽)이….

세인(世人)이 이름 하는 촛대바위 –
휘하(麾下)에 거느린 군암(群岩)도 없이
홀로 독야청청(獨也靑靑)
정상(頂上)에 도전(挑戰)하며 우뚝 선,
이 고집(固執)쟁이 바위!

나는 그 앞에 앉아
그 고집(固執)을 느끼고 안으며
이루지 못한 꿈과 사랑

이무기의 눈물을 본다
이무기의 눈물을 본다

Tear of the Python

Turn toward the peak
Where the sky and rock merge
Sit in between
Measurement of rocks and stones
Be gloriously drunk of a shot of wine
I also desire to fight for that rank
I am laughing!

Glancing wind,
Green pines, take root in a rock wall, defending itself
for a thousand years,
And
Flowing cloud and Sun smile like Buddhas smile···

Candlestand stone named by the world —
No stones under its command
Alone it stands tall
Challenging for the peak it stands tall
One stubborn stone!

I, sit in front of the rock
Feeling its stubbornness
Unattained dream and love

I see the tear of the python
I see the tear of the python

영웅 대망론(英雄 待望論)

실로 이 시대(時代)에 우리는 "영웅 대망론(英雄 待望論)"을
다시 써야할 것 같다

오로지 사회정의(社會正義)의 구현(俱現)을 위해
권력(權力)을 필요로 하는 사람

확실한 역사의식(歷史意識) 위에
국가적(國家的) 민족적(民族的) 자존심(自尊心)을
세울 수 있는 사람

확실한 미래(未來)의 역사적(歷史的), 철학적(哲學的)
비전(Vision)을 갖고
설득력(說得力) 있는 웅변(雄辯)으로
온 국민의 에너지를 집중(集中)하여 이끌 수 있는 사람

오늘의 현실(現實)에 안주(安住)하지 않고
달성해야 할 목표(目標)를 향해
줄달음 칠 수 있는 사람

강인(强靭)하면서도 섬세(纖細)한 인간성의 소유(所有)자
피비린내 나는 돌격에 태연자약(泰然自若) 하면서도
연연한 사랑에 눈물 흘릴 수 있는
그런 사람

축적된 부(富)와 힘으로 불행한 이웃을 도우면서도
겸손(謙遜)할 줄 아는
그런 사람

그래서 진실(眞實)로
세계사(世界史)의 중심(中心)에서
정의(正義)와 평화(平和)와 행복(幸福)을 추구하는
지구촌의 '메카' 로서의 국가적 민족적 자존심을
일으킬 수 있는
그런 지도자(指導者)

그런 이 시대의 영웅(英雄)이 그립구나

Heros ambition

Indeed, in this era,
We should rewrite the Heros ambition

For those who are in need of authority,
Because of the embodiment of our society

One who can rise up for the nation, for the race, and
For the pride
For certainty of historical consciousness

One with certainty of our historical future, and
philosophical vision
One who can lead people with power of persuasion
and bring together the energy of people.

One who does not rely on todays reality
And run for the goal that must be attained

One with toughness and delicacy, humane but with
blood thirst composure
One who still cries for the lingering love

One who can aid the less fortunate with its wealth
that was followed
One with modesty
Such a man we need

Sincerely
In the center of the world
One who pursues righteousness, peace and happiness
One who can build a nation into the Mecca of the
world and
Raise a nations pride and its people
Leader that we need

I miss the hero of this era

이별(離別)을 예비(豫備)할 시간(時間)

신 새벽 공단 가로수 산책길
자연의 아름다움에 취한다

생의 축복과 불사(不死)의 유혹이 교차한다.

그리곤 우주의 섭리에 겸손한
지혜를 배운다.

神은 움트는 새싹을 탄생(誕生)시키면서
이미 낙엽(落葉)의 주검을 예비(豫備)하고
그 주검의 자리에 또 다른 새싹을 잉태시켜
새로운 질서(秩序)를 유지 한다

자식(子息)이란 새싹의 분신(分身)이 태어난 지 수십 년,
주검을 예비함은
우주의 섭리(攝理)

떨리는 만남도, 애달픈 이별도,
불사(不死)의 유혹도
대자연(大自然)의 섭리에 묻고

낙엽 지듯 그렇게
지금은
이별(離別)을 예비(豫備)할 시간(時間)

Time to prepare for the separation

New dawn in the promenade of an industrial street
Drunk in the beauty of nature

Crossing between temptation of lifes blessings and
eternal life

And I learn modest wisdom
From the law of the universe

God creates a new sprout
And already the corpse of a leaf is predicted
In the place of the corpse will be the place of a
newborn sprout
This maintains the new order

Couple years after new sprouts are born,
Death is predicted
This is the law of the universe

Heart beating relationship, heartbreaking separation
Temptation of eternal life
All are buried under the law of great nature

Like a fallen leaf
Now
It is time to prepare for the separation

예쁜 단풍(丹楓) 한 잎

은행나무 가로수(街路樹)의 퇴색(退色)되어 가는
푸르름을 보면서

단풍(丹楓)을 예고(豫告)하는 그 잎새의 모습을
보면서

나는 출근(出勤)길 나만의 산책로(散策路)를 걷는다

문득 스치는 상념(想念)하나….

예쁜 단풍(丹楓)잎 하나 물들 듯 그렇게
내 삶도 물들어 가리라

Pretty leaf

Seeing the fading color of a gingko tree on the street

Watching the leaf put on autumnal tints

I walk on my own, on a promenade, on the way to work

Sudden notion passes by

Like a leaf putting on autumnal tints
My life also puts on its own tints

노변(路邊)의 코스모스 보이는 날 아침

노변(路邊)의 코스모스는 어제도
피었으련만
왜 어제는 보이지 않고
오늘에야 보이는 것일까?

고통(苦痛)까지도 즐길 수 있다고
믿었던 사람
이론(理論)과 실제(實際)를 검증(檢證)하며

그 노변(路邊)의 코스모스
보았다,
보지 못했다 하네—

Morning of seeing cosmos along the road side

Cosmos probably bloomed yesterday
Why wasn't it seen
But seen today?

I believed that
One can enjoy pain
But a theory and reality are verified

The cosmos along the road
Are seen and unseen in my eyes

그 이후(以後) 1년

'이별을 생각하는 만남' 속에
타인(他人)을 배려함으로써
좋은 인연(因緣) 기대하고

'안이한 불의(不義)와의 타협(妥協)보다는 험난한 정의(正義)
의 길' 을 택함으로써
조직정의(組織正義)의 씨앗을 뿌려 평생의 신념을 검증하리라
다짐한
그 이후(以後) 1년!

부분 부분, 순간 순간,
그 다짐
아차, 잊을 뻔하기도 했고
타협의 유혹(誘惑)에 빠질 번도 했건만
그래도 용케 그 다짐 틀 속에 벗어나지 않았음에
스스로에 감사하고 뿌듯한 자존(自尊)을 느낀다.

흔히들 지난 시간, 유수(流水) 같은 세월이라지만
나의 지난 1년, 결코 짧게 느껴지지 않음은
어인 연유일까?

하루를 1년같이, 순간을 영원같이 살자던 다짐,
아직 변함없고
진검(眞劍) 승부의 생존법칙에 승복하며
시작하는 나날들!

나는 3백여 사우(社友)들을 아끼고 사랑한다.

그리고
그들이 조직정의(組織正義)와 노동정의(勞動正義)를
신념화 할 수 있게 되기를 기대(期待)한다

나, 또한
그런 초대 사장으로 기억되기를
간절히 희망(希望)한다.

1 year has passed

In 'Thinking of expected farewell'
By caring for others
One can expect good relations and

By taking 'Instead of easy injustice compromise take
the side of rough justice way'
I have rooted to justice of organization and
I have pledged that I will verify one's life time beliefs
1 year has passed!

Part by part, moment by moment
That pledge
Darn it, I nearly forget
And almost fall into a temptation of compromise
But never have I left the boundary of the pledge
Because of which I appreciate myself and am full of
self−pride

Often, People say time flows like water but
Why hasnt my past 1 year
Flown like water?

Spend a day like it is a year, spend a moment like it is
forever,
The pledge, yet it hasn't changed
Start the day by day
Submitting to the victory or defeat of the Rule of

survival

I value and love my 300 colleagues.

And
I expect them to believe in the belief of
Justice of organization and justice of labor

I, also
Desire to be remembered as
The first president of the company to believe in the
belief

흰눈 내리는 날

눈보라가 휘날리는 날은
탄식(歎息)같은 눈물이 있고

흰눈 포근히 쌓이는 날은
찌든 도심에도 안식(安息)이 있다.

흰눈 내리는 날 산행(山行)길 나그네는
만발한 눈꽃에 눈부셔한다

아파트 보안등(保安燈) 조명(照明)을 받으며
나목(裸木)의 정원수에 설화(雪花)를 꽃피우는
눈 내리는 새벽에는
이별(離別)을 생각케 한다.

Day of white snow

Day snow storms and flaps
There is lamenting tears

Day snow softly piles
There is comfort in smudged downtown

White snowy day on the hill of a mountain
Full bloom of snow blinds travelers eyes

Shined by guard lamps of the apartment
Garden full of bare trees bloom snowflakes
In the snowing dawn
It reminds me of parting

축제(祝祭)의 시간(時間)

잎새들의 마지막 축제(祝祭)에
초대받지 않은 나그네 홀로
그 화려하나 비장(悲壯)한
이별(離別)의 축제(祝祭)를 찾았다.

영원(永遠)을 노래하든 새싹의 현란(眩亂)함도
죽음을 거부하든 푸르른 열정(熱情)도
이제 몸 사르는 붉은 불꽃 되어
이별(離別)을 노래한다.

묘지도 묘비명(墓碑銘)도 없이
대지(大地)에 흩어진
잎새의 주검들,

그 주검을 밟고 지나며
찢어져 흙 속에 뒤섞이는
이별(離別)의 노래를 듣는다.

초대(招待)받지 않은 나그네 홀로
예고(豫告)된 이별(離別)이었기에

시리도록 아름다울 수밖에 없었던
생존(生存), 그 축제(祝祭)의 시간(時間)을 기린다.

Time of celebration

The last celebration of sprouts
Uninvited traveler alone
Saw the magnificent but tragic
Last farewell celebration

Although singing the eternal life and sprouts
floweriness
Like denying their death, their blue passion as well
Now they commit to the red flame
And sing a song of farewell

Without a grave, a tombstone
They scatter on the ground
The bodies of the sprouts,

Passing by the bodies of the sprouts,
Torn and mingled under the earth
We hear the song of farewell

Because the uninvited traveler alone
Prepared this farewell

Celebration was coldly beautiful
Survival, time waits for the celebration

오! 알렉산드로스(Alexander)

아! 호머의 노래 속에 살다간
위대(偉大)한 정신(精神)이여.

알렉산드로스, 나 그대를
그리워하노라.

Oh! Alexander

Ah! The great soul
Who lived in the song of Homer

Alexander,
I thirst for you

여(余)의 기도(祈禱)

절대자(絶對者)여!
오늘 이 생존(生存)의 축복(祝福)에 감사(感謝)하나이다

오직 단 하루밖에 없는
오늘 이 하루의 삶이 불타는 열정(熱情)으로
축제(祝祭)의 시간(時間)들을 채워지게 하소서
그리고
진정(眞正) 죽음을 각오(覺悟)하고 시작(始作)하는 하루
무엇을 두려워하고 연연(戀戀)해 하리오

다만 주위에 허(虛)를 없애고
최선(最善)을 다하는 가운데
당당하게 하소서

그리고 그 최선(最善)이 생존(生存)의 조건(條件)을
충족(充足)하지 못할 때
스스로 쓰러짐은 당연(當然)한 일
거기에 불평(不評)은 없소이다

이 생에서 이루지 못한 꿈이
나의 흔들림 없는 신념(信念)과 열정(熱情)으로
의연한 인격(人格)을 이룩함으로써
그 모두를 능가(凌駕)하게 하소서!

절대자(絕對者)여!
비록 오늘이 내 생애(生涯)의 마지막 날로써

그 최후(最後)의 순간(瞬間)을 맞이한다 하더라도
역사(歷史) 속에서 사숙(私淑)해왔던 나의 영웅들

33세의 알렉산드로스
56세의 카이사르
65세의 징기스칸
그리고
52세의 나폴레옹 같이
의연하고 당당(堂堂)하게 그 최후(最後)의 순간(瞬間)에
임(任)하게 하소서!

절대자(絕對者)여!
웅(雄)이가 건강(健康)을 유지하고
좋은 직장(職場)에서
소영이와 더불어 행복(幸福)한 삶을
영위(營爲)할 수 있도록 지켜주소서

절대자(絕對者)여!
선미(仙美)가 토마스(Thomas)와 잘 지내고
스스로 직업(職業)을 갖고 자립(自立)하여
기회(機會)의 땅 아메리카에 뿌리를 내릴 수 있도록
지켜주소서!

절대자(絕對者)여!
아내가 수술 뒷마무리가 잘 되어서
완쾌(完快)되도록 지켜주시고
그녀가 80세의 평균(平均)을 지나
천수(天壽)를 누리며 행복(幸福)한
여생(餘生)을 보낼 수 있도록
지켜주소서!

절대자(絕對者)여!
나의 나머지 생애(生涯)가 떠남에 상처(傷處)받지 않고
열정 속에 보낼 수 있도록
그들이 함께 하게 하소서….

절대자(絕對者)여!
이 생(生)에서 내가 이루지 못한
정의(正義)로운 세상(世上)
절대자(絕對者) 당신의 이름으로 이루게 하시고

내생(來生)에서는 절대자(絕對者) 당신의 대리자(代理者)로서
나로 하여금 정의(正義)로운 세상(世上)을
이룩하게 하소서

절대자(絕對者)여!
당신에게 간구(干求)하오니
나의 기도(祈禱)를 들어 주소서

My prayer

The absolute one!
Today, thank you for my blessed life

Only one day
Today, this day with burning passion
May this time fill with celebration
And
With no desire, with prepared death, I fear nothing

Just blind my weakness around me
And with my foremost effort
Let me stand with dignity

If that effort does not satisfy the condition of my life
And if I fall on my feet on my own
I have no complaints

Though, I could not accomplish my dream in this
lifetime
I established contributed personality
With my un − trembled faith and passion
Let me surpass thee!

The absolute one!
Even though today is the last day of my life

Even though I face the last moment of my life
Like historical models of my heroes

Age 33, Alexander
Age 56, Gaius
Age 62, Genghis Khan and
Age 52, Napoleon
Let me face my last moment with relief and dignity!

The absolute one!
Let "Woong"(my son) maintain his health
And his great job
And with "So − young"(my daughter in law), guide
them to the right path of bright life

The absolute one!
Let "Sun − mi"(my daughter) lead a good life with
"Thomas"(my son in law)
And give her strength to carry herself through the
land of opportunity
Let her set root to America

The absolute one!
Watch over my wife

And help her recover from her surgery
Let her complete the natural span of life and be
blessed
Even pass the mean 80s

The absolute one!
My life should not live in grief of departing
But may live in passion
Let them company me

The absolute one!
World of justice
That I desire
In the name you, the absolute one, let there be

As an assist of the absolute one
Use me and build the world of justice

The absolute one!
I solicit to you
Hear my prayer

제6부

내 삶의 소중한 추억을 기억하며

Remembering of significant memory through my life

●축전 1
마흔 여덟 번째 생신을 맞이하시니, 정말 기쁩니다.
구십년 사월 첫 날에, 나폴레옹과 현실의 엘리제를 사랑했던 청년
장교-언제나 그들을 사랑하실 분 - 께 드립니다.
Father, a greeting for your forty - eighth birthday,
I am truly delighted.
The first day of April 1990, to the young officer who has
loved Napoleon and the virtual Elise,
-You will love them eternally-

●축전 2
다시 일어나시는 나의 아버지를 위해… 아빠, 생신 축하해요.

4327. 4. 2

아버지를 사랑하는 가족들이……

April 2nd, 4327

For my father, rising again! Dad, happy birthday.

Your family who loves you so much……

●축전 3
아버님 생신을 맞아 기쁨을 함께 하면서
다음 한 구절을 떠올립니다.
"성인이 된 후 좋은 스승과 좋은 친구를 만나 여러 가지 은혜를 받
았지만 그보다는 아버지로부터 받은 사랑과 교훈과 모범이 얼마나
훌륭하였던가!" - 발포어 (영국의 정치가)
93. 4. 2. 雄 올림
Congratulations to you on your birthday with delight.
I am reminded of a poem,
"Though I have received many virtues from good friends
and esteemed teachers, I realized after becoming an adult
that my father is far above them in his love and dedication
to provide a role model for me." - Valpore (English
politician)

April 2nd, 1993 Your *Woong*

●축전 4

아빠 생신 축하드려요. 요새 무척 힘이 많이 드시는 것 같아 걱정
많이 했어요. 요즘 아빠가 제 걱정 많이 하시는 것 같은데요……
걱정하지 마세요. 저도 제 힘으로 사는 것을 배울 거예요.
생신 축하드려용……!!!(축하드려용……!!!)

Dad, happy birthday to you. I am worried about you,
as you seem to be tired these days.
I think you are worrying about me a lot recently……

Don't worry, as I will learn how to live for myself.

Happy birthday……!!!(congratulations……!!!)

●축전 5

아빠! 정말 정말 사랑해요……
아빠의 귀여운 선미 올림

생신을 축하드립니다.
육신의 자손을 잘 키워 주셨으니 이제는 영혼의 자손인 좋은 책을
남겨 주시길……

1995. 4. 1 雄

Dad! I do love you really……

Your lovely daughter, sun-mi
April 1st, 1995

Congratulations on your birthday.
You have cared for us so well, the descendant of you,
please remain with us through the book of your life,
the descendant of your soul.

Your lovely son, Woong

아버지께

너무나 오랜만에 편지를 써 봅니다. 어린 시절, 어버이날이 되면 늘 써 보았지만 이렇게 자발적으로 쓰는 것은, 부끄럽지만 처음인 것 같습니다.

얼마 전에도 야암(野岩) 인생론에 대해 들었습니다만, 들을 때마다 삶을 그렇게 신념을 가지고 살 수 있는데 대해, 아버지로서 뿐만 아니라 자연인으로서 존경하게 됩니다.

요즘 젊은이들 가운데 상당수가 무력감에 빠져 있는데, 저 역시 예외는 아니라고 생각합니다.

저의 경우 두 가지 생각 사이에서 고민하고 있습니다. 하나는, 대학생이 되기 전까지 큰 일을 해보겠다는 생각-세상에 태어난 이상, 뭔가 큰 일을 해보겠다는 - 이고, 다른 하나는 대학에 온 이후 지니게 된 생각-어차피 한 번 사는 세상인데 삶을 즐기며 평범하게 살아가자는 -입니다.

제 생각에, 이 두 가지를 모두 이룰 수는 없는 것 같습니다. 지금까지 4년 째 망설이고 있습니다. 이제는 졸업반이 된 이상, 갈림길에 섰는데도 확신이 없습니다.

아버지께서 이런 아들에게 어떤 도움말을 주실지. 제가 지금 스물 세 살이니, 대학 졸업은 스물 네 살, 석사과정을 마치면 스물 여섯 살이 됩니다. 그리고 운이 좋아 박사과정까지 마치게 되면 서른 살, 또는 방위산업체 근무를 마치면 서른 한 살이 됩니다.

이렇듯 20대에 제가 할 일은 벌써 정해져 있는 것 같습니다. 그리고 결혼도, 사실 10대일 때는 독신으로 살고 싶었습니다. "결혼을 하게 되면 나는 가족에 얽매이게 되고, 남의 집 귀한 딸을 괜히 고생만 시키게 된다." 이렇게 생각했습니다. 그러던 것이, 결정적으로 마르쿠스 아우렐리우스 명상록을 읽고 나서 바뀌었습니다. 자연의 순리를 거스르지 않는 것이 아름다운 것임을 깨달았습니다.

"결혼은 모든 사람의 권리이자 위무이다."

이렇게 감히 주장해 봅니다. 아버지 말씀대로 기본 고려 사항들을 나름대로 생각해 보기도 했습니다. 제가 가장 중요하게 생각하는 것은 '자라온 환경의 차이가 적으면 적을수록 좋다.'는 점입니다. 그리고 나이 차도 적을수록 좋다고 생각합니다(이 사항은 평소 아버지 말씀과 다르긴 합니다만).

혹, 아들에게 사귀는 여자가 있냐고 물으신다면, 대답은 "없습니다." 실망하셨나요? 기회는 여러 번 있었지만. 어느 경우는 제가 눈이 높았기 때문에, 어느 경우는 제가 부족했기 때문에 그렇습니다. 이제는 바쁘니까 모든 것이 귀찮아집니다. 이러다 결국 중매결혼을 하게 되는 게 아닌지.

언젠가 찰스 디킨즈의 『위대한 유산』을 읽으며, 저에게 있어 아버지의 유산을 생각해 보았습니다. 그리고 저는 이미 아버지의 위대한 유산을 받았다고 결론지었습니다. 그 위대한 유산은 바로 아버지의 정신인 것입니다. 20여 년 전 육신을, 이제 정신을 물려받았습니다.

그 몸과 그 마음으로, 스스로 살아나갈 준비를 하며 오늘도 하루를 보내고 있습니다. 아버지를 자랑스러워하는 아들이 되어 살아가겠습니다. 건강하십시오.

오늘, 오월 어느 날 고개를 들어 파란 하늘을 보다 그보다 더 높이 있는 아버지의 정에 가슴이 뭉클해진 아버지의 아들 雄

Dear Father,

It has been a long time since I wrote you.

When I was young I wrote you every Father's Day, more out of obligation than out of love. Shamefully this is the first time I've written from my heart.

It has been a long a time since hearing Ya-Am's view of life. You are respected to me as a father and a man of nature because your life is fullfilled.

Today, many young people are falling into a feeling of helplessness including myself. In my case, I have two conflicting desires.

The first comes from the anguish of a man to have enough drive to achieve my goals and ambition. The other is to be carefree with no obligations, to enjoy life at this fullset.

The two desires cannot be realized at the same time. For the last 4 years I've been in limbo.

Now I'm a senior in college, and still I don't have confidence.

What advice will my father give to me?

Now I'm 23 years old, so when I graduate from college I'll be 24, I'll be 26 after receiving my master's degree and if I'm lucky I'll be 30 when I receive my doctorate degree, I'll be 31 after completing my military obligation.

So, my life's plans is set until 30. When I was a teenager I never thought too much about marriage. I was always going to remain single.

The responsibilities of running a home never appeal to me. But after reading the meditations of Aurelius,

I' ve realized obeying the law of nature is picturesque.

Now I say "marriage is the right and duty of everyone." The basic facts that you taught me were to be thought in my own way. The closer environmental gap between the two is the most important concept, I think. And, it is better that the age gap is short. (This is a little difference from your intention at ordinary.)

If you ask, "Do you have a girl friend?", the answer is 'no.' Are you disappointed?

Now I am a single in spite of many chances. One reason is that the partner was over my chin, the other reason is that I lacked too much to keep company with a woman.

These days, everything bores me because of my heavy schedule. Eventually I may have a marriage arranged by a matchmaker.

Once I read Charles Dickens and thought of your legacy, and I already make the conclusion to have this great legacy. This great legacy is my father' s soul. 20 years ago, I' ve inherited my flesh and blood from you and now I' ve received your soul.

With all my body and soul, I. live day to day, preparing myself for survival.

I will always be proud of you. Take care of yourself.

Today, One day in May,
I hold up my head and I saw the blue sky.
With my father' s affection I feel a lump in my throat.

Your son, **Woong**

아버님께

꽤 오랜만에 아버님께 글을 씁니다. 가끔은 이렇게 글로써 대화를 하려고 했습니다만 그리 쉬운 일만은 아니더군요. 결국 어버이날을 맞아 글 쓰는 계기를 마련했습니다.

어제는 카네이션 두 송이를 준비해 두었는데 아버님께는 직접 전해 드릴 수 없어 아쉬웠습니다. '그 마음만이라도 받아주셨으면……' 하는 아쉬움이 남아 이렇게나마 父子간의 이야기를 하려고 합니다.

현재 저의 대부분의 시간은 장래에 대한 생각 또는 준비로 꽉 차 있습니다. 지난 번에 아버님과의 이야기를 통해서, 일단 계속해서 학위 과정에 들어가는 것으로 결정했습니다. 그때까지 저 나름대로 매우 갈등이 컸는데 결정을 해놓고 나니 시원했습니다. 제 어린 시절 꿈이었던 과학자의 길과도 가장 비슷한 것이니까요.

어린 시절 꿈에 대해서 잠깐 말씀드리겠습니다. 아주 어린 시절-초등학교 저학년-에는 군인이 되고 싶었습니다. 좀 더 나이가 들어서는 법관이 되고 싶었습니다. 그러다가 중학생 시절 과학자가 되기로 결심했습니다. 사실 저는 그때까지 수학, 과학 과목보다도 국어, 사회(지리, 역사) 과목을 더 좋아했고, 후자의 성적이 더 좋았습니다.

그럼에도 불구하고 과학자가 되기로 한 결심의 배경에는 과학자에 대한 무조건적인 선망, 저 나름의 애국심 등이 있었습니다.

지금 생각하면 너무나도 자기 자신을 돌아보지 않은 편협한 결심이었습니다. 그래서 중학교 1학년 가을부터 수학과 과학에 몰두했습니다. 소질은 그리 많지 않았지만 노력으로 극복해서 앞서 나갔습니다. 그렇게 의식적인 노력으로 중. 고교를 보내고, 대학도 공과대학을 선택했습니다. 그런데 대학에 와서 여러 분야의 경험을 쌓다 보니 저 자신을 많이 돌아보게 되었습니다.

'과연 이것이 나의 최선의 길인가?', '다른 삶의 방법을 택할 수
도 있지 않은가?' 이러한 회의와 갈등 속에 4년을 보내고, 아시다시
피 4학년 2학기에는 다른 길에 대한 구체적 자료도 구했습니다. 그
러던 것이 결국 원점으로 돌아온 것입니다.

요즘 제 생활의 중심은 물론 제 실험실입니다. 지금은 그리 바쁘
지 않아 9시 출근, 6시 퇴근입니다만 곧 제 실험을 시작하면 집에서
저녁을 먹기는 어려우리라 생각합니다.

실험실에서의 일은 크게 세 가지입니다. 첫째 학과 공부-강의, 과
제, 시험, 학점-이고, 둘째 제 실험-학위를 받기 위한-이 있고, 셋
째로 지도교수님이 맡기신 일 - 이른바 프로젝트라고 하는-입니다.

실험실 생활 이외에 제가 하고 있는 일은 제 생활기금 적립을 위
한 과외지도(일주일에 두 번), 그리고 제가 언제나 관심을 가지고 있
는 외국어 공부(영어, 일어)가 전부입니다. 물론 틈틈이 책도 읽습니
다만, 이러한 생활은 그 속에 묻혀 있으면 느끼지 못하는데, 그래도
가끔 너무나 무미건조함을 느낍니다. 그럴 때마다 '도대체 무엇 때
문에 이 일을 하는가?' 라고 제 자신에게 묻습니다만, 그저 強者存
과 自我完成을 위해서라고 스스로에게 막연히 말할 뿐입니다. 아직
도 가슴에 와 닿는 대답은 없습니다. 어쩌면 일생동안 그 대답을 찾
지 못할지도 모르겠습니다.

요즘 절반 학생, 절반 사회인으로 지내게 되면서 더욱 '외면의
나' 와 '내면의 나' 를 조화하기에 어려움을 느낍니다. 끊임없는 노력
만이 그 해결책이겠지요. 전에는 친구들에게도 편지를 자주 썼는데,
이젠 그것도 쉽지 않아졌습니다. 이렇게 긴 편지를 써보기도 꽤 된
것 같습니다. 오늘의 대화는 이것으로 마치고 다음 대화를 기대하겠
습니다. 안녕히 주무십시오.

1993. 5. 10. 00:30 雄 올림

Dear Father,

It's been a long time since I wrote to you, I often often to write but it wasn't easy.

It's Father's Day which induces me to grab my pen, I bought two beautiful carnations yesterday but I couldn't send them to you and now I feel empty. 'Just take my heart instead please.' Now I will start my story again.

Now a days I spend most of my time in preparing for my future. I've decided to continue my studies for a graduate degree by the reason of the advice you gave me in your last letter. Up to now, I became very sure about my life's decisions even though there were many obstacles along the way. That is the very similar way to be a scientist which was my dream when I was young.

Let me share my dreams with you for a moment. When I was a child, my dream was to be a soldier.
Later I wanted to be a judge. Upon entering middle school I decided I would be a scientist.
I don't know why I was learning toward being a scientist because my grades were much higher in Korean, social science, geography and history than in mathematics and physics. Why did I want to be a scientist even though I showed no talent in science classes.

Because there was my unconditional envy and a short of thought of patriotism probably.

It is the narrow-mindedness decision without looking after myself, now I think. From fall season of my first grade in middle school, I began to devote more time to the study of maths and physics. What I lacked in talent I made up with motivation. My hard work paid off. I was accepted to the engineering college after successfully passing middle and high school. And, I recollected my past for the experience of several sphere in my university.

'Did I do the right thing?' 'Should I have chosen a different path?' After passing through 4 years of doubt and confliction I have come to understanding myself during this second term of my senior year. So I have returned to the starting point.

Working in the laboratory is my only focus these days. I'm there at a.m. 9 O'clock and I leave at p. m. 6. It's impossible to have dinner at home, if I start my test. In the laboratory, we are working on three major projects. The first project involves lectures, projects, examinations, and credits. The second projects is working at the lab, of course, it's for my degree. Finally, my custody which is a project my guidance principle given from companies. Other than my lab - work, I tutor twice a week in order to save money I also study English and Japanese which is my all interests. When I find myself with some free times I read a book for pleasure. I bury my self this life style, so I cannot feel in that. I'm sometimes tasteless too much, whenever I feel that, I ask myself "Why I do this works on earth?" So, I answer myself - obscurely, for being a strong man and the way of self-perfection. But I didn't find any answer with my heart, and I may not find the answer forever.

These days, I feel at odds with myself, half a student, half a social human being. 'The outside' and 'the inside' of myself is difficult to harmonize. To find the real me I must preservere in my efforts. I used to write quite often to my friends but it's not easy anymore. It's been a long time since I've written a letter this long. Let me end here……, but looking forward to writing you again.

May 10th, 1993   Your son, *Woong*

아빠에게.

우리 집 가장이시자. 전대적
권력을 가지고 계시고. 우선.
우리를 먹여 살리시는

~우리 아빠의 모습~

그런 아빠에게 강력한 눈빛을
보내시는 엄마니.
아빠가 술마시고
늦게 돌아
(토끼) 오시면
오 토끼에서...

(아하....
이건 너무
흥측하다!)

아여간 무섭게 변하시는 엄마와....

226

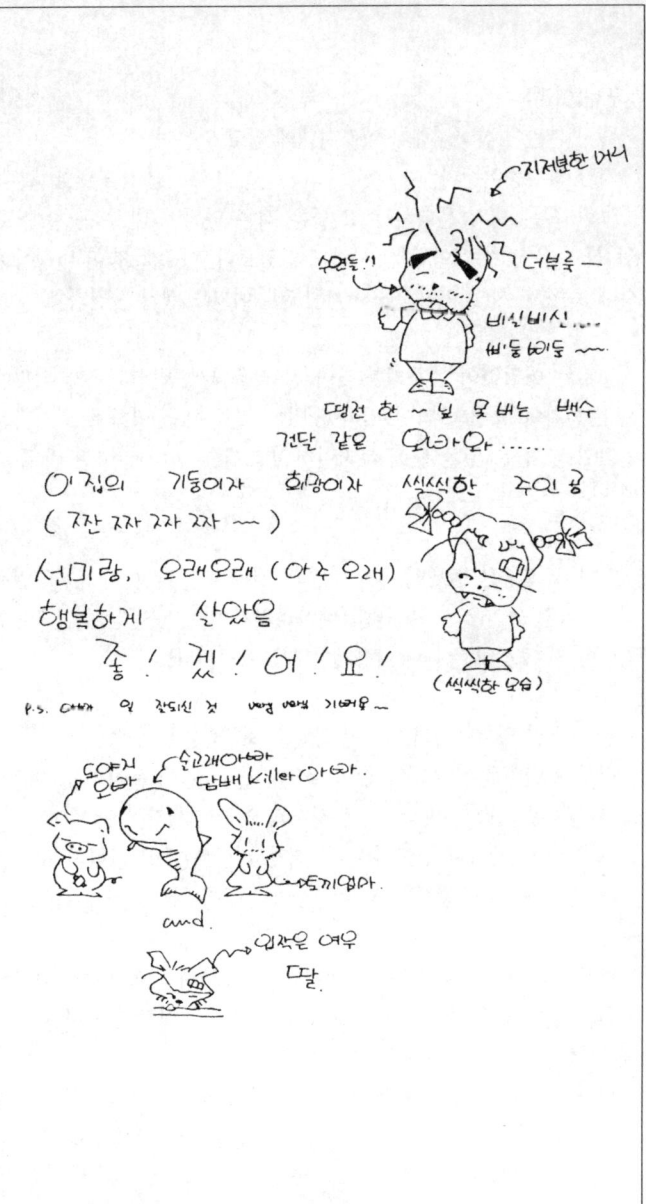

野岩

野岩이라!
혹시 본관이 삼국시대나 이조시대에 살고 있는가,
지금 착각중이시다!
그림 혹은 책 같은데서 보고 들은 적은 있지만 내 측근 중에 호(號)를 소유한 자는 아직 한 사람도 없었으니. 아주 느낌이 비정상이시다. 순진한 사람 머릿속을 이처럼 흔들어놔도 괜찮은 건가.

절기는 어김없이 제자리를 찾아 긴 겨울에서 깨어나 이제 뒤뜰에는 수선화와 튤립의 싹이 머리를 내어 밀었구나. 영하로 내려가는 변덕이 몇 번은 있을 텐데 부지런히 머리를 내밀다가 어린 싹 추위에 얼지나 않을지 애처롭다.

91년도 고향산천 방문에서 야암과 엘리제를 만나 볼 수 있었던 거, 그리고 돌아오는 짐 속에 『메아리치지 않는 산울림』이 들어 있었다는 거 그것이 얼마나 나에게는 행운이었던가!

관식이 잘 있어? 더러 연락은 하면서 지내나?
너무도 반가워 주제파악 없이 마셔댄 술로 인해 웅이의 큼지막하고 시원스런 모습은 생각나는데 선미의 얼굴이 생각이 안 나.
그게 아마 관식이 집이었지? 어쩌자고 한 번밖에 만나지 못했을까! 어쩌자고 내 맏상제 녀석과 쌍둥이 공주를 너희들에게 보이지를 못했을까!
네 집도 그리고 웅지의 사나이가 뜻으로 뭉쳐 있을 병사 안의 사무실도 한 번쯤은 둘러 봤어야 하는 거 아냐. 늙어가면서 하는 일이 왜 이처럼 변변치 못한지 속이 상한다.
너를 찾을 길 막연해 빽빽한 최동명 성명 석자의 전화번호부 번호를 무작정 위에서부터 아래로 돌릴 때의 흥분이 엊그제 같은데 벌써 일 년이 되어 오는구나.

화창한 이른 봄의 주말, 햇볕 비스듬히 비쳐드는 식탁에 앉아 네게 펜을 든다. 이번 주말 이틀 동안에는 기필코 해야만 할 일이 있기 때문.

그러자니 생각 키우는 게 있어 선반에서 『메아리치지 않는 산울림』을 꺼내 페이지를 들춰 보지. 내 집 선반에 네 호흡이 담긴 책자가 꽂혀 있다는 게 얼마나 흐뭇한 일인가? 매끄럽지는 않지만 글귀가 그렇게도 싱싱하고 네 신념의 표현이 어쩌면 소시적 우리 자주 만나던 시절에 쓰던 표현이 그대로 있냐?

흘러가듯 써 논 것도 있겠지만 네 머리 가지고서는 잉태의 기간과 해산의 고통쯤에 비교되는 악전고투를 치르고서야 겨우 자네 입가에 미소를 띄우게 한 것도 물론 있을 듯싶네.

이 곳서 듣기로는 대학 입학이 너무도 어려워 시내 안의 대학은 고사하고 약간 떨어진 대학에 들어가면 서울 약대 입학이요, 상당히 거리가 있는 대학에 들어가면 상대 입학이라고 야단이라는데 명문 대학교 그것도 엘리트의 과를 웅이가 해냈으니 질투심이 생기기는 하지만 정말 자랑스럽고 경하해야 할 일 아닌가. 그런데 한편 그 결과로 인해 "암, 그러면 그렇지 그 녀석이 뉘 아들인데!"

암탉을 거느리고 벼슬을 곧추 세우면서 기드럭거리는 수탉의 모습이 요즘 자네의 모습이 아닐까 하고 걱정해 보네. 그게 어디 자네 덕이던가. 내가 추측키로는 맹모의 사천지교가 무색한 엘리제의 정성으로 공을 돌려야 되는 게 마땅하리라 싶군, 야암 어깨 위에 빛나는 별의 사연 뒤에 숨어 있는 공까지 포함해서 말일세.

솔직히 말해 요번 난 자넬 만나리라고는 생각 못했었어. 어디 있다는 정도의 소식까지는 듣게 되겠으나 전방 혹은 지방의 어느 부대에서 대령쯤으로, 아니면 전역하고 사업체를 운영하는 그쯤으로 추측했었지.

자네 장말 장해. 최동명 다워.

우리나라 장성들 중에 자네와 같은 사람이 있다는 것은 무척 다행

스러운 국가적 이익일 것임에 틀림없어. 나는 웅대한 뜻도 이렇다하게 해 논 일도 없는 갑남을녀의 평범한 생활을 하고 있을 뿐. 항상 젊은 날의 추억과 고국의 너희들을 그리워하면서 말이지.

이제는 네 차례.

애들 학교 공부를 마치고 나면 앞뒤 가리지 말고 몇 주나 몇 달쯤 예정으로 엘리제와 함께 여행용 가방을 챙겨.

너는 네 나름대로 정열, 사랑 운운하겠으나 엘리제의 너와 애들에 대한 숨은 봉사, 그리고 사랑에는 많이 못 미칠거야.

더 늦기 전에 둥근 세상 돌아보면서 그녀를 위안해 줘야 하는 건 너무도 당연한 일 아닌가.

그리고 그런 일에 내가 조금이라도 도움이 된다면 이 얼마나 멋진 일이겠는가! 그저 더도 덜도 말고 크지는 않은 내 집에 와서 찌개냄비에 밥 숟가락을 부딪치면서 한 한 달쯤 쉬어 회포를 풀어봄세. 엘리제의 요리솜씨도 맛보면서.

너와 엘리제가 며칠 몇 시에 도착된다는 편지를 움켜쥐고 비행장으로 너를 마중하러 나가는 그런 흥분된 순간이 과연 언제쯤 올 것인가! 인사치례하는 말로 가볍게 생각하고 지나치지 마.

경황이 없어 못 물었네만 누님은 지금 어디서 어떻게 지내고 계시나? 어린 동생 입영의 아픈 마음을 몇 덩이의 주먹밥으로 달래던 분이셨는데.

그 곳도 세상 많이 달라졌지. 신문지상에 보도되기로는 얼마 안 있으면 이북에 관광도 갈 수 있게 되는 모양이던데 알다시피 나도 고향이 이북 황해도 아닌가! 불과 차로 두세 시간이면 도착할 수 있는 곳. 그 지척의 거리를 무려 40여 년 몽매에 그리면서 못 가고 있는 실향의 우리 부모, 형제자매들.

인간이 존재하는 한 일어나는 크고 작은 비극은 막을 길 없다는 생각이 잠시 펜을 멈추게 한다.

죽기 전에 한 번쯤은 다시 만나자, 동명아. 꼭. 좋은 술 한 병 『메아리치지 않는 산울림」옆에 나란히 모셔놓고 그 순간을 기다릴게.

최 동 명
너는 너를 사랑하듯 사랑 그 자체를 사랑하고
엘리제에의 사랑은 웅과 선미의 사랑으로 이어지고
죽음도 웃음으로 사랑할 수 있는
야암
너는 사랑의 사나이!

1992. 3. 22
토론토에서 승박 씀

P.S.
여기 노래를 몇 개 보낸다. 작년에 서울서 오면서 사 가지고 온 노래들 중에서 뽑아 본 거야. 그리고 서양 곡은 알다시피 나는 그때부터 이런 노래를 쭉 들어왔잖아! 집에 모아 놓았던 것들 중에 더러 추려본 것이야.

어쩌면 자네와 웅이 엄마의 추억을 60년대로 안내해 줄지도 모르잖아?

성의로 생각하고 들어봐 줘. 그리고 선미가 작년에 고3이라는 이야기를 들었는데 이제는 또 대학생이 되었겠구나!

건투를 빈다.

Ya-Am

What grand illusion as someone who imagines himself during the period of the Three Nations or the Yi Dynasty.

Around me, there is no man who owns his pen-name. This leads me to confusion. Is it allright to confuse, a maiden pure human like this?

As one season ends end another begins there are many signs of change. Daffodils signify the finish of a long winter. The buds of tulips cover the garden.

But there will be times when the temperature drops below freezing. Such for the new buds peeking out into the cold.

It was 1991 when I visited my birth place and met again Ya-Am and Elise. It was my fortune that I carried the book 「Never Does the Echo Return to the Mountain」 in my backpack.

Is Kwan - shik find? Do you ever contact him?

Our delightful meeting caused me to drink too much. I could remember your son Woong but regrettably I could not remember about your daughter Sun-mi.

Did we meet at Kwan-shik's house?

Why didn't we meet only once?

Why didn't I introduce you to my son and lovely twin princess?

I should have visited your office, the place that represents all your ambition. What a bad friend I was to forget!

A year has passed since searching in the phone book for your number. In vain, I called every person with the same name.

Right now, I'm holding my pen during an early gentle spring where the sunlight is slightly covering on my table.

This weekend, I have work that must be finished.

Reminiscing, I take 「Never Does the Echo Return to the Mountain」 from the shelf.

Isn't it gratifying to know that a book written by your own hand is in my library?

Your writing was not so smooth but so full of life and an affirmation of your faith.

From your outpouring of emotion one could feel your desperate struggle, like the suffering of a woman during pregnancy and childbirth.

You must be so proud of your son Woong entering such an outstanding college, though his circumstances were not ideal.

I can imagine you strut around like a rooster.

But always remember that your success was won not only through your own efforts. Elise is the one who should receive the glory. She is responsible for those bright stars on your shoulders.

To tell the truth, I didn't expect to meet you the last time I was in Seoul.

I imagined you'd probably be a colonel in some unit on the front line or the rear, or else retired, running a business somewhere in Korea.

You're really great.

You're truly D. M. Choi.

It is lucky and beneficial for our country to have a general like you.

These days, I'm just a humble man living a peaceful life without big ambition or anything else.

Now it's your turn.

After the kids finish their senior year, why don't you and Elise pack your bags and come here to visit for a month or a few weeks.

You've written about your passion and love but you can't even comprehend the depth of silent love and sacrifice of your Elise for you and your children.

So before it's too late, you take Elise around the world and show her with your love. And wouldn't it be marvelous for me to be able to help you out.

I won't make any grand plans for your time here.

Only to have dinner together, sharing our innermost thoughts. Tasting Elise's home cooked meals.

I will be anxiously await your letter confirming stating your arrival date and time. When will that happy moment come!

This is more than a polite gesture.

Where is your older sister living now? How comforting were those rice balls she gave you as you left to join the army.

I imagine Korea has changed a lot. I heard the news that we can soon visit North Korea. As you know, my home town was in the north! In miles a short distance, yet for 40 long years our family has yearned for reconcilation.

I must stop here because suddenly I feel depressed⋯, how powerless we are to prevent the tragedies of our human existence.

I pray that we meet before we die.
Dong myung, we must!
With fine liquor and ⌜Never Does the Echo Return to the Mountain⌟at our side, I will wait for that moment.

Dong Myung Choi
As you love yourself, you love love itself, and from your love for Elise another kind of love was born a love for Woong and Sun-mi with love you will embrace death.

Ya – Am
You are a man of love!

March 22th, 1992
From Toronto Seung – bak

P. S.
Here I am sending you some songs. I got them in Seoul last spring. As you know, I have listened to this type of music since that time. I have chosen these particular tunes from my collection. Hopefully they will bring back memories of the sixties for you and Elise. As you listen to them remember me with fondness. Sun-mi must be a college student by now.

Wish you the best.

雄兒에게

네가 나에게 오랜만에 편지를 써 보았다고 했듯이 나도 오랜만에 어쩌면 처음 편지를 쓰는 것 아닌지 모르겠다. 그러나 우리는 그 어떤 아버지와 아들들보다 더 많은 대화와 더 많은 의식들을 주고받았다고 생각되는구나.

편지가 도착하는 데 꼭 일주일, 꽤 오래 걸렸으나 너의 생일 카드 속의 짧은 글을 보면서도 여러 번 느꼈지만 나는 몹시 감격했고 다시 한 번 나는 행복한 사람이라고 자부했다.

아들로부터 인정받는 아버지가 되기를 이 세상의 모든 아버지들은 바랄 것이다. 그리고 그것이 가장 소중한 삶의 가치이기도 할 것이다.

그러나 나는 너에게 人生에 대한, 사랑과 우정에 대한 여러 가지 얘기를 할 때마다 말했듯이 아직도 부족함이 많은 아버지이다. 다만 스스로 만족할 수 있는 인격의 완성이 내 내면 세계의 목표이듯이 스스로 만족할 수 있는 자랑스런 아버지의 길을 가는 것이 또한 내 삶의 길이기도 하다.

우리 분발하자꾸나! 삶은 역시 아름다운 것이니까. 멋진 人生, 멋진 자기완성을 위해서 말이다. 그 과정이 비록 처절한 투쟁과 좌절과 고난의 길이라 하더라도 항상 꿈꾸어 마지않는 목표를 잃지 말고 그 목표를 향해 人生의 처음과 끝을 연결할 수 있는 삶을 위해서, 그리고 그 과정 속에 삶의 의미와 행복을 추구하면서 말일세.

지난 주말 너희 어머니와 드라이브하면서 어머니가 말하기를 웅이가 자서전 쓰게 되면 "우리 어머니는 한석봉 어머니와 비유" 될 거라 했다고 좋아하더구나. 그래서 그 녀석 이제 제법 늘었구나 했지.

이 세상의 부모들은 자식의 글 한 줄, 말 한마디에도 몹시 감격해하고 행복해 한다. 어머니께 잘 해 드려라. 선미도 기회 교육을 하고-.

아버지는 너희 할아버지 할머니에게 그렇지 못했던 것 같아 지금 후회스러우나 제사 때 술 한 잔 따르는 것으로 그 회환을 대신할 수밖에 없단다.

각설하고 청년으로서의 너의 징신적 갈등에 대한 나의 생각을 말하마. 무언가 큰 일을 해보겠다는 청년적 포부와 현실에 안주한 평범한 생활에 대한 갈등, 그것은 누구나 겪는 과정이기도 하다.

내가 청소년 시절(지금도 그렇지만) 가장 싫어했던 말 중의 하나가 "내 비록 지금은 이렇지만 어릴 때(한때의)꿈은 이러이러했다."는 말이다.

내 人生論을 설명하면서도 말했지만 人生은 결과가 아니고 과정이다.

흔히들 사람들은 100을 겨냥했다가 10이나 20쯤 가다가 힘들고 더 나아갈 가망이 없으면 처음 겨냥했던 100은 완전히 포기하거나 잊어버리고, 그것은 옛날의 꿈이었다고 말하면서 10이나 20에서 그 삶을 살아가면서 "한때는 나도 100을 겨냥했지."라고 말하곤 한다.

그러나 최소한 野岩人生論을 신봉하는 사람은 100을 겨냥했으나 그가 10에서 머물거나 70에서 머물더라도 결코 겨냥한 100을 잃거나 잊는 법이 없지.

물론 소여의 현실이 여의치 못하고 이상과 현실의 괴리 속에 번뇌와 갈등의 시간들이 있지만, 그리고 객관적으로 도저히 100까지 갈 수 없다고 믿어지더라도 그는 스스로 다짐다짐하면서 삶이 다하는 순간까지 100을 향한 걸음을 포기하지 않는다.

결코 100을 잊거나 버리지 않는 삶, 비록 더 나아갈 길이 보이지 않더라도 결코 100을 향한 길을 찾는 것을 포기하지 않는 삶, 그것이 人生의 처음과 끝을 연결할 수 있는 삶, 그것이 바로 인생을 성공적으로 사는 삶이 아니겠느냐?

웅아!

흔히들 큰 일을 하는 위대한 삶과 소시민적 평범한 삶에는 큰 벽이나, 이것이냐? 저것이냐 하는 二分法的 구분이 있는 것 같이 생각되기 쉽지만, 나는 그렇게 생각하지 않는다.

결론부터 말하면 위대함 속에 평범이 있고 평범 속에 위대함이 있다. 너의 그 갈등을 용광로에 녹여 合金을 만들 수는 없겠나?

아인슈타인적인 천재적인 삶이, 슈바이처적인 희생 봉사적 삶이, 나폴레옹적 영웅적 삶이 물론 위대한 결과와 거리에 따르는 역경이 있었으나 그들의 삶 속에 즐기는 人生 평범한 소시민적 생활이 없었다고 누가 말할 수 있겠나?

마찬가지로 이름 없는 촌부나 평범한 소시민이 그 직종이 무엇이든 그가 그 人生의 겨냥했던 100을 버리거나 잊지만 않는다면 그리고 그 추구함을 포기하지만 않는다면 그 삶의 질(質)에 있어서 아인슈타인과 슈바이처와 나폴레옹과 무엇이 다르겠는가?

웅아!

망설이거나 방황할 것 없다. 아버지가 人生論을 설명하면서 그렸던 그림을 생각해 봐라. 人生의 최고 가치 내지 최종 목표는 명확하지 않다! 인종과 남녀를 불문하고 무릇 사람은 그 생애를 통해 '자기완성'의 길을 걷는 것이 그 누구도 거부할 수 없는 삶의 목표일 것이다.

그 최고의 가치 최종 목표를 위해 우리는 내면세계와 외면세계의 나날의 생활을 영위해 가면서, 내면세계의 또 하나의 중간 목표인 人格의 완성을 위해 독서하고 사색하고 심신을 단련하면서 자기 수련에 증진한다.

그리고 生存을 위해 외면세계의 또 하나의 목표를 나름대로 정해서 사회인으로서 직업에 종사하며 一家를 이루어 가정을 꾸미고 개

인적 성취와 사회와 국가의 공익에 기여하는 生活을 추구하는 것이
아니겠나?

그렇다면 외면세계의 현실적 중간목표를 어떻게 무엇으로 정할
것인지만 남는 것 같구나. 흔히들 아버지만큼 그 아들을 잘 아는 사
람이 없다고 한다. 물론 예외는 있지만. 그런 의미에서 내가 너 人
生圖의 중간목표와 방법론을 정해 볼 테니까 참고 하거라.
우선 중간목표(외면세계)는 [지도자]로 정하거라. 지도자란 꼭 정
치적 지도자만이 지도자는 아니다. 학문에서, 기업에서, 예술에서
그 모든 분야에서 크고 작은 지도자는 있다. 그러나 나는 너에게 목
표로서의 지도자 상은 이 민족의 행복한 삶을 창출하고 정의로운
사회의 건설을 추구해 갈 최고의 지도자로서의 길을 권한다.
공학도가 어떻게? 하고 반문할지 모르나 가령 무술이 최고의 경
지에 이르면, 서로 다 통하고 합해지듯이 비록 출발은 공학도의 길
이지만 최고의 경지에 이르면 서로가 통하는 법이다.
다만 운명과 자질이다. 내가 볼 때 너는 훌륭한 자질이 있다. 運
은 모른다. 그것은 그야말로 미래의 운명이다. 그러나 100까지 가는
게 운명이라면 80~90까지는 신념과 노력이다. 이 어찌 한 번 도전해
볼만 하지 않는가?

다음 方法論은 현실적으로 볼 때 교수의 길이냐, 기업체의 일원
으로 입신하느냐 하는 문제가 있다. 그것은 네가 택하라. 다 장단점
이 있다. 그리고 그것은 상황에 따라 융통성 있게 선택할 수도 있
다. 다만 목표는 불변의 목표이어야 한다.
한참 써 놓고 보니 집에서 人生論 설명하던 것의 되풀이가 된 것
같구나. 지루하지 않았는지? 어느 정도 공감하는지? 궁금하기도 하
다. 그러나 이것은 아버지의 신념이다. 이왕 시작한 것이니까 이 정
도로 요약해 보자.

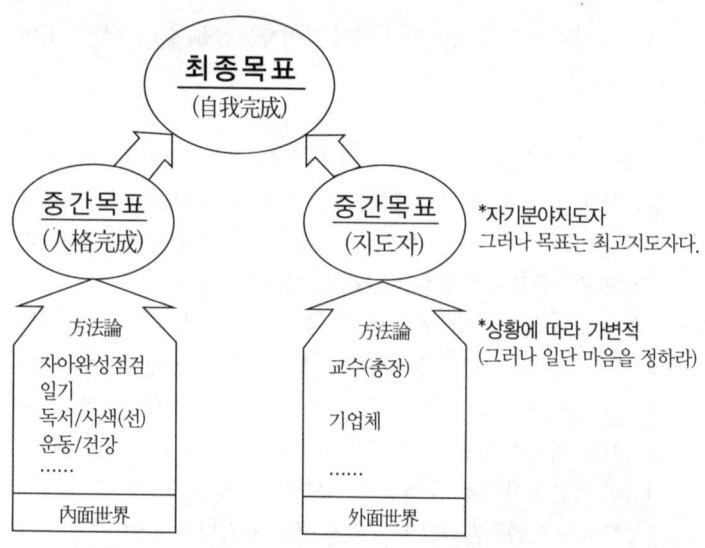

이제 차분히 네 생각을 정리해라. 그리고 이 간단한 人生論 도표는 아버지가 50평생을 통해 체험적으로 의미있는 삶, 행복한 삶의 길로, 인생의 가치관으로 실증한 것이다.

참고해서 한 단계 더 발전적인 너의 人生論, 너의 삶을 설계해서 행복하고 의미있는 생활을 추구하고 인류발전에 기여하길 바라며 또 그리되리라 확신한다.

젊은 날의 또 하나의 중요한 문제는 異性觀이랄까, 결혼문제일 것이다. 이 문제에 대해서도 우리는 가끔씩 얘기들을 했고 또 나의 생각을 너에게 전한 바 있다. 大學生活을 할 때나 젊은 날에는 연인이 있는 사람이 가끔은 몹시 부럽기도 한 것이 사실이다. 그러나 그것은 그렇게 부러워할 것은 못 되는 것 같다. 왜냐하면 누구나 한 번씩은 연인을 갖게 되기 마련이니까.

평소에 얘기했던 것 같이 결혼 대상을 객관적 확률로 볼 때 오히려 중매(제3자의 판단)가 더 정확하달까, 적합할 수 있다고 본다. 그렇다고 20세기 최후의 로맨티스트라고 스스로 말하는 내가 너희 어머니의 선택이 잘못됐다는 것은 결코 아니다. 나는 運이 좋았으니까!

만약 네가 사랑에 빠지는 경우만 없다면 오히려 중매결혼을 권하고 싶은 것이 솔직한 나의 심정이다.

그러나 기본 고려사항들은 생각하고 있거라. 네가 말한 비슷한 성장환경, 비슷한 연령은 어쩌면 더 현실적일 수도 있겠다.

오랜만에 꽤 긴 편지를 쓴 것 같다. 나는 글을 크게 쓰는 편인데 종이 양이 너무 많을까 봐 일부러 작게 썼다. 맞춤법이 틀린 것이 꽤 될 것이다. 옛날식이라 생각해라. 아버지는 지금 몹시 행복한 마음으로 이 글을 쓰고 있다. 만나서 얘기하는 것도 좋지만 글로써 얘기하는 것도 또 하나의 기쁨이구나.

네 편지 서두의 '아버지께' 보다는 '아버님께'가 어법에 맞는 게 아닌가? 설혹 안 맞더라도 다음부터는 그렇게 써 주면 좋겠다.

건강은 스스로가 가장 잘 안다. 항상 건강에 유의해라. 주말에 만나자.

1992. 5. 18 野岩

Dear Woong!

It's been a long time since I last wrote to you. But still I think we deliver one's consciousness more than any other 'father and son' share.

Though it took a week so long time arriving here, but I feel several times when I read the short sentences in your birthday-card, I'm very deeply moved, and I'm really a happy man once more.

To be an approved father from their son, this is what the father's desire of the world the most.

Because of the above reason, life of a father is so valuable and precious.

But still as a father, I lack the quality to be even sharing words about life, love, and friendship with you.

As the accomplishment of personality by oneself is my object of internal, going to the way of proud father myself is the way of my life, also.

Let's do our best!

For our fascinating and nearing the perfection of life. Because life is beautiful, also. Don't lose the dream though the life is the way of struggle and frustration, and let's pursue the dream in the last moment.

So, among the process, let's discover the meaning and happiness of life.

Last weekend taking a drive with your mother, with a smile that later in my son's autobiography will be the phrase "our mother will be the metaphor as a mother of Suk - bong Han."

So I think you are surely praiseworthy.

Every parent is deeply moved to read their child's one word & speech. You must do well to your mother. And comment Sun-mi by chance.

But I regret that I could not act as you.

So becoming intoxicated in the religious service is the only way to exchange the remorse.

Return to the topic, I'm to speak my thoughts about your mental conflict as a young man.

The young man's aspirations which accomplish something and the conflict of normal life in living peacefully in actuality, that is the process of everyone, also.

The worst word to hear when I was in my youth was "my presence is not what I dreamed before."

As I explained my view of life above, life is not the result but the process.

Surely people aim 100 and they progress 10 to 20 with no further hope and stop, forgetting and losting their aimed goal, saying that was the past dream, living their lives in 10 or 20, they would say "I aimed 100 for a while⋯."

One who keeps faith in my life theory, Ya-Am, stays at 10 or 70, he never forgets of dismisses the aimed 100.

Of course, though the reality goes wrong, and there are the agony and conflict among the gap of idea and reality, and objective observation not to be believed to get 100, he never give up the step toward 100 till the last moment of his life, by himself.

Life which 100 is never forgotten nor abandoned, though there seems no way but life which never gives up towards the way of 100, life connects the beginning and the end of life. Is that the very way to live a life successfully?

Dear Woong!

Most of the time, it can be simply think that there is a big wall in the great life to accomplish the great affairs and the normal life of pettie bourgeoisie, of there are the classifying of the bisection which "is this?" or "is that?", but I don' t think so.

Comming to the conclusion, the greatness is in the commonplace and the commonplace is in the greatness.

Could your conflicts put in a blast furnace and make an alloy?

Einstein' s genius life, Schweitzer' s life of service and sacrifice, Napoleon' s life of heroism of course have great accomplishments and difficulties, but who can say they never knew pleasure living an ordinary life?

Likewise person like a nameless countryman or a normal citizen, no matter the occupation, if he does not forget or abandon the aimed life 100 and does not give up his pursuit, then what does it make differences between Einstein' s, Schweitzer' s and Napoleon' s and his?

Dear Woong!

You don' t have to hesitate or wander. Think of the diagram that father drew when explaining the life theory. Isn' t it clear what the supreme value of life or the final goals are?

Disregarding the race and sex, the man through his life walking the way of self − perfection is the undeniable goal for life.

For the supreme value, the final goal, we must carry on our inner and outer part of the world in our mind everyday, building up one' s character in our inner part of world is another intermediate goal and for this, we read, meditate and train for our discipline to be improved.

As for one's character, deciding another goal, devoting on occupation, forming a family, accomplishing individuality, serving for the social and nation, and life contributing the public could be the ideal?

Then, this leaves the outer mind of world's practical intermediate goal to be determined.

They say, no one knows the son better than his father. Of course there are exceptions. In this meaning, let me choose your intermediate goal and method of the diagram of the life theory, so you can refer to it. Most of all, decide becoming a 'leader' as an intermediate goal. Political leader is not the exact meaning of leader.

In the sciences, enterprises, arts there are big and small leaders in all parts. But the view of leader for me to recommend is to be the highest way of a leader who can create happiness of this nation and constructing a society of justice.

You may ask for, "how can an engineer do?", if reaching the highest level of martial arts, then everything can be understood and conbined, likewise though starting as an engineer, everything can be understood at the highest level.

But it depends on the destiny and disposition.

I think you have the excellent talent. No one knows your fortune. That is the destiny of future, indeed.

But while destiny is about going towards 100, 80~90 would be effort and belief.

Isn't it to be challenged, once?

The next theory of method is choosing the way of professor or businessman to establish your position. Actually, the problem is here. This is to choose by yourself. They both have their merits and demerits, and this could be chosen versatile situationally.

But the goal must not be changeable. After writing for a while, I think it has been repeated the explanation which I explained the life theory at home. Are you bored? How much do you agree?

I'm anxious to know. But this is a father's faith. As it is already started, let me summarize by drawing a diagram.

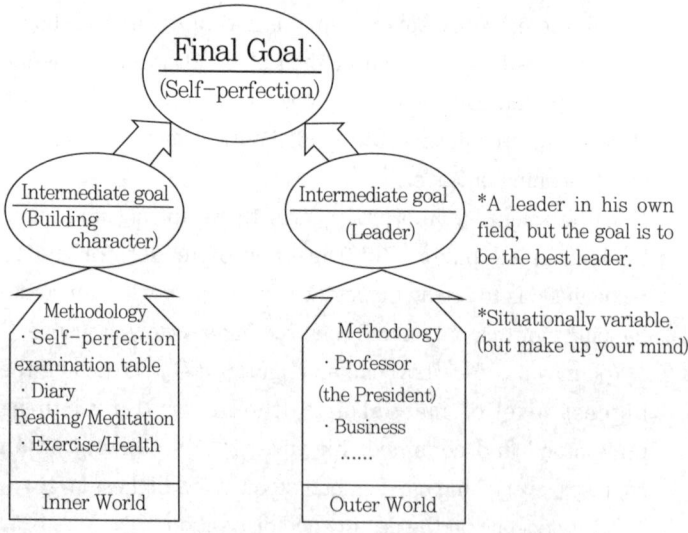

Now, organize your thoughts. And this simple diagram of the life theory is what your father have proved, through 50 years of life, as meaningful living by experience, the way towards happy living, the view of value in the life, through out my values.

Adding to this, pursuing a happy and meaningful life to construct your life and the life theory with development one more step, and I want to devote the development of human race and I am sure to be done.

Another important thing in youth is the view of female and marriage. About this issue, which we have discussed with each other sometimes, and delivered my thoughts to you. Through college life or young age, we are sometimes to envy people who have a lover. It is needless to envy them.

Because, everyone is supposed to have mates someday.

Ordinarily I think matchmaking would be more precise and suitable in objective observation. This does not mean that the choice was mistake to marry your mother calling out myself that the last romantist of 20th century. I was strictly lucky!

If you don't have the situation like falling love, I truly persuade you have the matchmaking.

But you must think of the basic considerations.

As you said, it would rather be practical to choose your partner of similar background and age.

It's been a while since writing such a long letter.

I used to write big but purposely I wrote small for the large amount of paper. There may be a lot of orthographic errors.

Just regard as the old – fashioned style.

I am happy writing this letter to you.

Conversing with words would be another joy as to converse orally face to face. One knows his health the best. Always take care of yourself.

See you this weekend.
May 18th, 1992 **Ya–Am**

메아리 치지 않는 산 울림

그 두 번째 이야기

초판1쇄 발행 | 1996년 4월 2일
증보판1쇄 인쇄 | 2004년 5월 8일
증보판1쇄 발행 | 2004년 5월 10일

지은이 | 최동명   펴낸이 | 박대용
펴낸곳 | 도서출판 징검다리
책임교열편집 | 임혜란   편집 | 기여운

주소 | 121-886 서울시 마포구 합정동 426-1, 3층
전화 | 02) 3143-1966, 332-3880   팩스 | 02) 3143-2757
이메일 | zinggumdari@hanmail.net

출판등록 | 제10-1574호   등록일자 | 1998년 4월 3일

ISBN 89-88246-76-4